Claire McNab

Mord undercover

Claire McNab

Mord undercover

Offensive Krimi

aus dem amerikanischen Englisch
von Gerlinde Kowitzke

Frauenoffensive

1. Auflage, 2001

Originaltitel: Murder undercover

ISBN 3-88104-337-3

Druck: Clausen & Bosse, Leck
Umschlaggestaltung: Erasmi & Stein, München

Dieses Buch ist gedruckt auf Papier aus chlorfrei gebleichtem Zellstoff.

Die Personen

Denise Cleever .Geheimagentin

George und Moreen . .Besitzer der Aylmer-Ferienanlage
Harry, Quint und Roanna . . . . .ihre Kinder

Eddie Trebonus . . . . .Gast
Cynthia Urquhart . . . . .Gast
Oscar Fallon . . . . .Gast
Biddy Gallagher . . . . .Gast

Pete . . . . .Barkeeper
Jen, Kay, Vera, Ivy . . . . . . .Angestellte der Ferienanlage
Seb, Bruce, Tim . . . . .Angestellte

Prolog

Die Tontaube schwirrte über das türkise Meer. Der vierschrötige Tourist, dem das verschwitzte T-Shirt am mächtigen Brustkorb klebte, feuerte das doppelläufige Gewehr ab. Ungetroffen segelte die Tontaube ins Wasser.

„Ach, verdammt!" Er riß sich die Ohrschützer herunter und wischte sich mit dem fleischigen Unterarm die Stirn. „Da stimmt was nicht mit der Kimme an diesem Gewehr."

Im dürftigen Schatten einiger Kokospalmen wartete die übrige Gruppe, daß sie an die Reihe kam, und brüllte vor Lachen. „Klar doch, Morrie", rief ein spindeldürrer Mann im gleichen orangefarbenen T-Shirt. ABSCOUND INDUSTRIES lautete der grell-lila Aufdruck auf seiner Brust.

„Ich bin dran", sagte eine untersetzte Frau mit einem bissigen Zug um den Mund. „Mach Platz, ja?" Als Morrie zögerte, den Schießstand zu verlassen, brach sie ihr Gewehr auf und schob zwei kompakte rote Patronen in den Lauf. Sie ließ das Gewehr einschnappen und stieg die beiden Holzstufen hoch.

Später machten die Zeugen unterschiedliche Aussagen, aber alle stimmten darin überein, daß sie gestolpert war, das Gewehr sich entladen und Morries eine Gesichtshälfte, Blut, Knochen und Gehirn verspritzend, weggeblasen hatte.

Die Holzplanken des Schießstands vibrierten, als der Körper aufschlug. „O mein Gott!“ sagte jemand.

Später dachte niemand daran, der Polizei gegenüber zu erwähnen, daß die Frau sich zu den Zuschauern umgewandt und wütend gegeifert hatte: „Es war ein Unfall. Ihr alle habt es gesehen. Ihr alle habt gesehen, daß es ein Unfall war.“

Als bestünde ein Zweifel daran.

1

„Hier ist eine echte Herausforderung für Sie, Den.“ Eddie Trebonus pflanzte seine Ellbogen auf die Theke aus Resopal und Bambusrohr und grinste mich an. „Können Sie einen Baltimore Bracer mixen?“

Ich strahlte übers ganze Gesicht. „Kommt sofort.“ Bisher hatte ich Amerikaner immer gemocht, aber Eddie war eine schlechte Reklame für seine Nation. Nicht nur daß er sich äußerst geschmacklos kleidete – heute trug er ein braungelbgestreiftes Hemd, gallig grüne Bermudas und weiße Socken in den Sandalen –, er hatte auch einen Schwabbelbauch und dicke fleckige Haut, die sich schälte, weil er zu lange in der tropischen Sonne gewesen war.

Den amerikanischen Akzent habe ich stets sympathisch gefunden, doch Eddie hatte ein metallisches Näseln drauf, das mir total auf den Nerv ging. „Sind Sie sicher, daß Sie einen Baltimore Bracer mixen können, Den?“

Ich verbiß mir eine Antwort. Wenn ich etwas nicht ausstehen kann, dann die Abkürzung meines Namens. Zu meiner Dienstkleidung – weiße Shorts und ein mit Hibiskusblüten bedrucktes Hemd in rosa, gelben, orangenen, roten oder besonders hektischen lila Tönen – gehörte ein Namensschild, wie es das ganze Personal zu tragen hatte. Ich tippte auf das grellrosane Hibiskusblütenschild auf meiner rechten Brust. „Denise ist der Name.“

„Denise, hm?“ sagte er laut, wie an ein nicht existentes Publikum gewandt. „Und wie heißt die linke?“ Er gackerte über seinen eigenen Witz und sah sich beifallheischend um. An diesem Freitag um zehn Uhr morgens saßen nur wenige Gäste an den Rattantischen der Tropical Heat Cocktail Lounge. Und niemand interessierte sich für Eddies Art von Humor, auch wenn Biddy Gallagher – eine drahtige, braungebrannte Frau, deren erstaunliche Fähigkeit, hochprozentigen Alkohol zu konsumieren, ich bewunderte – die Zeitung, in der sie gerade las, sichtlich irritiert umblätterte.

Dieser Kerl ging mir immer mehr auf die Nerven. Seit einer Woche stand ich jetzt hinter der Theke, Eddie war einer meiner ersten Kunden gewesen. Seitdem war er regelmäßig aufgetaucht und hatte die ausgefallensten Cocktails bestellt. Nun, für mich waren sie ausgefallen, aber ich war ja auch erst seit kurzem Barkeeper, egal was in meinem Lebenslauf stand, und der Intensivkurs, den ich im Getränkemixen absolviert hatte, half mir nicht weiter, wenn einer wie Eddie Trebonus sein Bestes tat, mich vorzuführen.

Mein Kollege Pete war ein erfahrener Barkeeper, deshalb versuchte ich, ihm den Yankee zuzuschustern, doch der verflixte Eddie mit dem suggestiven Lächeln auf den gummiartigen Lippen bestand stur darauf, seine Drinks bei mir zu bestellen.

Pete sah so aus, wie er war – ein überaus netter Bursche. Er hatte ein freundliches unauffälliges Gesicht, hübsche Grübchen, wenn er lachte, und war gut gebaut. Ich hatte Pete nicht verheimlichen können, daß ich nicht halb so erfahren war, wie ich vorgab, aber er hatte gute Miene dazu gemacht und nur gegrinst, als er mich bei meinem ersten Encounter mit Eddie hinter die Regale verschwinden und im Taschenbuch „Der ultimative Getränkeratgeber“ nachschlagen sah. Da hatte Eddie mit entsprechendem Grinsen einen verführerischen Cocktail bestellt. Ich hatte versucht, ihm den Aylmer'schen Hausdrink anzudrehen, einen tropischen Cocktail aus einer Kombination von Fruchtsäften, Rum, Brandy und Gin. Hatte aber leider kein Glück. Eddie war ganz versessen darauf, mich in Verlegenheit zu bringen, diese Ambition hatte er noch immer.

„Baltimore Bracer“, wiederholte Eddie und setzte sich auf einen Rattanbarhocker. „Lassen Sie sich Zeit, Den. Ich möchte nicht, daß Sie etwas falsch machen.“

Ich verwarf den Gedanken, ihm eine reinzuhauen, aber deftig. Damit ihm das dämliche Grinsen verging. Natürlich wären damit meine Chancen vertan, undercover zu ermitteln, deshalb sagte ich: „*Sie* sind eine echte Herausforderung!“ mit dem richtigen Ton neckischen Respekts.

Eddie wieherte. „Klar“, sagte er. „Und sehr viel mehr, als Sie annehmen.“

Überzeugt, daß er hinzufügen würde: Ich könnte dir zeigen, was 'ne Harke ist, Schätzchen! tauchte ich hinter die Regale, um meinen Cocktail-Ratgeber zu konsultieren.

Pete, der eine neue Flasche Baileys Irish Creme holte, sagte: „Spar dir das, Engelchen. Es ist ein Maß Brandy, ein Maß Anisette, ein Eiweiß, mit Eis geschüttelt und in einem Stilglas serviert.“

Das klang ja ätzend, aber schließlich trinke ich auch nur Bier, und das nicht oft.

Eddie wartete wie eine fette Kröte mit Sonnenbrand und kaute Erdnüsse mit offenem Mund. Ich füllte die Zutaten in einen Shaker, fügte Eis hinzu und gebärdete mich wie vom wilden Affen gebissen. Ich gab den Inhalt in ein

Glas und kredenzte es Eddie mit Schwung. „Ihr Cocktail."

Dann stieß ich einen heimlichen Seufzer aus und machte mich an die Arbeit. „Sie sind nicht wegen der Tagung hier?" fragte ich in dem Bewußtsein, daß in der Ferienanlage Aylmer dauernd irgendeine Tagung stattfand, an der für gewöhnlich ausländische Gäste teilnahmen. Das war mit ein Grund meines Hierseins.

„Nee, ausschließlich Urlaub." Er beugte sich vor. „Auf der Suche nach etwas *action.*"

Mir war nicht klar, ob das eine Frage oder eine Erklärung war. Beides widerte mich an. Ich regte mich ab, indem ich lässig die Bar polierte, eine Geste, die ich mir von zahllosen Barkeepern in zahllosen Filmen abgeschaut hatte. Ich hob die geschnitzte Holzschale mit den Erdnüssen hoch, deren Inhalt Eddie so dezimiert hatte, und wischte mit dem feuchten Tuch darunter her. „Action?" sagte ich vage. „Sie meinen surfen, schnorcheln, Tauben schießen und solche Sachen."

„Tauben schießen? Sie meinen Tontauben? Zu *so was* würden Sie mich nie kriegen. Haben Sie nicht gehört, was diesem Typ passiert ist? Jemand hat ihm den Kopf weggeschossen."

„Haben Sie ihn gekannt?" fragte ich beiläufig.

„Wen? Den Typ?" Eddie schüttelte den Kopf. „Nee, er war mit einer Tagungsgruppe hier, Elektroniker oder so." Er nahm einen Schluck Baltimore Bracer und spülte ihn im Mund herum, ehe er ihn hinunterschluckte.

Einen Moment dachte ich, er würde ihn ausspucken wie eine Mundwäsche. Ich verbarg meine Abscheu für alles, was Eddie sagte oder tat, und plauderte weiter: „Ich habe Sie mit den Aylmers zusammen gesehen und mir gedacht, Sie müssen ein Freund der Familie sein."

Meine Beobachtung entzückte Eddie. „Ja“, erklärte er, „sie verkehren schließlich nicht mit jedem.“

Das stimmte. Die Dynastie Aylmer hat in der australischen Politik und Wirtschaft seit über hundert Jahren eine Rolle gespielt und die Reichen und Berühmten zu ihren Freunden und Verwandten gezählt. Die Aylmer-Insel innerhalb des Great Barrier Reef und nur eine kurze Flug- oder Bootsstrecke vom Festland entfernt, war im späten neunzehnten Jahrhundert dem ersten Räuberbaron Aylmer urkundlich übertragen und, abgesehen von ein paar Ferienhäuschen, in ihrem ursprünglichen Zustand belassen worden, bis ein Zweig der Familie sie vor fünfzehn Jahren in eine Luxusferienanlage umgewandelt hatte.

„Wahrscheinlich haben Sie es nicht bemerkt“, sagte Eddie und leckte sich die Lippen, „aber die Tochter, Roanna Aylmer, sieht wirklich gut aus.“

Natürlich hatte ich das bemerkt. Und er hatte Roannas Licht unter den Scheffel gestellt. Sie war sensationell. Schlank, groß, dunkelhaarig, mit einem rebellischen Geh-mir-aus-dem-Weg-Blick, den ich sofort attraktiv fand.

„Das hatte ich nicht bemerkt“, sagte ich.

Über Eddies Schulter hinweg sah ich verblüfft, wie die Genannte eintrat und auf uns zu kam.

Der ahnungslose Eddie sagte mit weisem Nicken zu mir: „Und sie ist ganz schön heiß. Glauben Sie mir, ich weiß das.“

„Wer ist heiß, Eddie?“ fragte Roanna hinter ihm.

In diesem Augenblick lohnte sich diese ganze ätzende Cocktailsache, allein schon um Eddies Gesichts willen, das scharlachrot anlief.

„Hallo“, krächzte er, wandte sich um und sah sie an. „Ich hab’ dich gar nicht kommen hören.“

„Offensichtlich."

Ein langes Schweigen entstand, das ich genoß und Eddie eindeutig nicht.

„Ich gehe wohl lieber", sagte er schließlich. Er stürzte den restlichen Drink hinunter, nickte Roanna zu und glitt von seinem Hocker. „Bis dann."

Sie blickte ihm nach, dann drehte sie sich zu mir um. „Was halten Sie von Eddie?"

Schwierige Frage. Eddie war ein Gast der Familie Aylmer und ich bloß eine Angestellte, noch dazu eine neue. Ich machte ein leeres Gesicht und antwortete mit einem Achselzucken.

„Ich habe Ihnen eine Frage gestellt", sagte Roanna.

„Eine vertrackte."

Sie zog eine Augenbraue hoch, eine Fähigkeit, die ich mir nie anzueignen vermochte. Es war klar, daß sie auf eine Antwort wartete, also sagte ich: „Ich schätze, wenn ich sage, was ich wirklich denke, werde ich gefeuert. Und wenn ich lüge..." Ich grinste sie an. „...wäre ich mir nicht treu."

Hinter mir schnaubte jemand vor Lachen. „Das können wir einfach nicht zulassen, nicht wahr?" sagte Pete.

Auch Roanna lachte. Dabei fixierte sie mich mit abschätzendem Blick. Ich hatte sie überrascht, und das war gut. Mein Auftrag lautete, die Familie zu infiltrieren, wenn möglich, und der Gedanke, daß Eddie Trebonus mein einziger Zugang sein könnte, hatte mich schaudern lassen. Roanna war mir da sehr viel lieber.

„Möchten Sie etwas trinken?" fragte ich.

Sie zögerte, dann nickte sie rasch – mehr zu sich selbst als zu mir. „Zitronensaft", sagte sie und fügte hinzu: „Bitte."

Während ich gestoßenes Eis ins Glas füllte, wisperte Pete, der Limetten in Spalten schnitt, aus dem Mundwinkel: „Gut eingefädelt, Denise, aber paß auf. Sie kann dir Ärger machen."

Er wußte bereits, daß ich Frauen den Männern vorzog. Zum Teufel, ich zog sie nicht nur vor, seit meiner Teenagerzeit kamen Männer in meiner romantischen Phantasie überhaupt nicht mehr vor. Pete hatte mich in unserer ersten gemeinsamen Schicht spaßeshalber aufs Korn genommen und ziemlich die Fassung bewahrt, als ich ihm Bescheid stieß. „Zu schade", sagte er grinsend, „wo ich schon immer so eine Schwäche für blonde sportliche Frauen habe."

In Wahrheit war ich eher honigblond, hatte aber mein Haar für diesen Undercoverjob hell getönt und trug meine Kontaktlinsen wieder. Was seine Bemerkung über das Sportliche anbetraf: Durch die übermäßige Schreibtischarbeit verweichlicht hatte ich mich Stunden um Stunden im Fitnessraum getrietzt, bis ich wieder voll in Form war und meine Selbstverteidigungskünste wiedererlangt hatte.

„Inwiefern Ärger?" flüsterte ich zurück.

Er grinste mich an. „Sie geht durchs Herz wie ein heißes Messer durch Butter."

Ich plazierte einen Hibiskusuntersatz vor Roanna und stellte den Zitronensaft darauf. Sie beobachtete mich mit beunruhigendem Starren, was ich ignorierte. „Erdnüsse?" fragte ich.

Sie fixierte die Schale, an der Eddie sich vergriffen hatte, zog die Nase kraus und sagte: „Haben Sie nichts Besseres?"

„Ich seh' mal nach."

Ich verschwand in mein Refugium hinter den Regalen mit bunt etikettierten Flaschen. Das Personal an der Bar war gehalten, edle Nüsse für eindeutig edle Gäste bereitzuhalten, und nach meiner Schätzung gehörte Roanna in diese Kategorie. Also grub ich eine große Dose mit der Aufschrift „Feine Nußmischung" aus und füllte großzügig eine Holzschale, die mit tropischen prunkvoll gefiederten Vögeln bemalt war. Pete streckte den Kopf hinters Regal. „Kannst du mal für'n Moment die Stellung halten? Ich muß ein paar Vorräte aus dem Lager holen." Ich nickte, und er verschwand durch die Hintertür.

Meine Einsatzbesprechung bei ASIO hatte mir über Roanna nicht viel verraten, nur daß sie einen Abschluß als Informatikerin hatte, von dem sie wohl keinen Gebrauch machte. Sie war die jüngste Tochter von Moreen und George Aylmer und galt als wild, aber man ging nicht ins Detail. Es gab noch eine Tochter, Greta, die erheblich älter und verheiratet war und in Broome, West-Australien, lebte. Die männliche Linie verstärkten zwei Söhne, Harry und Quint, Mitbetreiber der Ferienanlage. Ich hatte bisher noch mit keinem gesprochen, doch beide waren recht präsentabel, vorausgesetzt, daß dir der mürrisch-arrogante Ausdruck gefiel. Mir nicht, aber ihre Schwester zog die gleiche Schau ab, und bei ihr wirkte es sehr anziehend.

Ich schob die Nüsse neben ihren unangerührten Zitronensaft. „Kann ich noch etwas für Sie tun?"

„Warum arbeiten Sie hier?" fragte Roanna. Sie ging nicht um den heißen Brei.

„Ich liebe die Tropen."

Sie lächelte mich ungläubig an. „Ach ja?"

Am Tisch hinter ihr faltete Biddy Gallagher ihre Zeitung zusammen und knallte sie auf den Tisch. „Herrje!"

sagte sie und blickte in meine Richtung. „Was muß eine Frau denn hier tun, damit sie was zu trinken kriegt?“

„Kommt sofort!“

„Überlassen Sie das Pete“, sagte Roanna.

Ich registrierte, daß sie Petes Namen wußte. Vielleicht resultierte seine Bemerkung, daß Roanna Ärger machte, aus seiner persönlichen Erfahrung. „Pete ist nicht hier“, erklärte ich und öffnete die Thekenklappe. „Er besorgt gerade Nachschub.“

Ich ging zu Biddy hinüber, die mit ihren grellroten Nägeln ungeduldig auf die Tischplatte trommelte. „Wird aber auch Zeit“, sagte sie bissig. „Einen doppelten Scotch on the rocks.“ Sie grinste. „Am besten weniger rocks und dafür mehr Haig.“

Als ich mich zur Bar umwandte, standen die Schale mit edlen Nüssen und der Zitronensaft verwaist da. Roanna war verschwunden.

2

Meine erste Schicht war zu Ende. Ich wurde erst wieder zur hektischen Abendschicht erwartet. Hier war jede Nacht Partynacht. Aber dazwischen hatte ich den ganzen Nachmittag für mich. Ich schlenderte durch die üppigen tropischen Parkanlagen zum Personalquartier. Ein kleines Heer von Gärtnern machte sich täglich im Morgengrauen darüber her und hielt die üppig wuchernde Vegetation in Schach und verschwand, noch ehe die Gäste ihre perfektionistischen Bestrebungen beobachten konnten. Ich hielt an meinem Lieblingsplatz, einer kleinen Lichtung abseits des Weges. Dort stand eine dunkelgrüne Holzbank mit Aussicht aufs Wasser, aber ich hatte noch nie jemanden da sitzen sehen. Ich ließ mich nieder und genoß den Moment der Ruhe, ehe ich mich dem Trubel des Personalquartiers aussetzte.

Zum erstenmal hatte Roanna Aylmer leibhaftig vor mir gestanden, obwohl ich, wie alle Neulinge, mir ein Orientierungsvideo hatte ansehen müssen, das mich mit jedem Mitglied der Familie Aylmer bekannt gemacht hatte. Die Familie hatte sich vor der Kamera ein Lächeln abgerungen, nur Roanna hatte kühl von der Mattscheibe gestarrt, als ginge sie das, was mit der Ferienanlage zu tun hatte, gar nichts an. Auf dem Video erklärte die Stimme des Familienoberhaupts, George Aylmer, die wundervollen Qualitäten der Aylmer'schen Ferieninsel, dann folgten die Pflichten der Angestellten – verschiedene Leute wurden gezeigt, die den Gästen halfen, lächelten und sich als Vorzeigepersonal aufführten – und schließlich eine Auflistung aller Tabus. Verboten waren, unter anderem, enge persönliche Beziehungen zu Gästen, das Nichttragen des Namensschildes, zu jeder Tageszeit nicht zu lächeln oder sich zuvorkommend zu zeigen.

Ich schüttelte den Gedanken an meine Arbeit ab und genoß den Augenblick. Dieser kleine versteckte Winkel war fast ein Paradies. Ein knallblauer Schmetterling segelte lässig vorbei, der Wind raschelte in den Blättern der blütenübersäten Sträucher, durch deren Zweige ich das pastellfarbene Wasser und den hellen halbmondförmigen Strand sehen konnte. Die Ferienanlage Aylmer befand sich auf einer typischen Tropeninsel. Palmen wiegten sich in der kühlenden Brise, die die Oberfläche des blaugrünen Wassers kräuselte, das an den blendend weißen Korallenstrand plätscherte. Hier gab es keinen dramatischen Wellenschlag, da der pazifische Ozean sich am Great Barrier Reef austobte, das sich als Schutzwall fast vor der ganzen Küste von Queensland erstreckte.

Die halbe Insel war Regenwald, wie eine Filmkulisse mit leuchtendbunten tropischen Vögeln ausstaffiert, mit Zikaden und allerart Farnen, die wie riesiges Unkraut im Schatten des dichten grünen Blätterdachs zum Licht aufstrebender Bäume wucherten. Zu meiner Freude hatte ich Weinreben entdeckt, deren Triebe dekorativ kultiviert worden waren. Weniger einladend war eine außergewöhnliche Vielfalt an Insekten von beträchtlicher Größe, die die Insel mit uns teilten, und man sagte mir, daß es in einigen sumpfigen Gegenden sogar Blutegel gäbe. Schon der Gedanke an Blutegel ließ mich schaudern.

Die Unterbringung der Gäste basierte auf einem Wort:

Luxus. Man hatte die Wahl zwischen einem eigenen kleinen Bungalow inmitten der Grünanlagen nahe am Wasser oder einer Suite im Fünfsternehotel am Hang eines sanften Hügels. Da es nur zwei Etagen hatte, war das Hotel kunstvoll in die Landschaft eingefügt worden, so daß es sich von See her kaum wahrnehmen ließ. Die Parkanlage war riesig, und es gab sogar ein Labyrinth, klein zwar, doch verwirrend, das an diversen Stellen mit Notrufsäulen ausgestattet war, falls ein orientierungsloser Gast seinen Weg hinaus nicht mehr fand.

Mein Magen knurrte, und so warf ich einen letzten Blick auf den Kolibri, der wie eine Brosche aussah und aus einer großen gelben Blüte saugte, und setzte mit Bedauern meinen Weg fort. Für den Fall, daß jemand auf die Idee kam, in Richtung des Personalquartiers zu wandern, wiesen ihn strikte Schilder darauf hin: AB HIER NUR FÜR PERSONAL, stand an der Auffahrt, die einen großen Bogen machte, so daß selbst der neugierigste Gast die Gebäude nicht sehen konnte, was nur gut war, denn es wäre wohl ein unangenehmer Schock gewesen. In starkem Gegensatz zum Luxus der Anlage folgte das Personalquartier dem reinen Nützlichkeitsprinzip.

Aufwendige Inneneinrichtungen, Doppelbetten, lauschige Terrassen und Balkone, alles das nicht für uns. Tatsächlich hätte es mich nicht gewundert, wenn die Personalquartiere ursprünglich als Militärbaracken geplant worden waren. Zum Glück hatte jemand die Einsicht gehabt, daß glückliche Angestellte ein Zimmer für sich allein brauchten. Meins war, soweit ich das sehen konnte, mit jedem anderen identisch. Die Wände waren beige, die Decke ein gebrochenes Weiß mit einem Ventilator in der Mitte. Eine typische Klimaanlage blockierte die untere Hälfte des schmalen Fensters, die obere bedeckte eine windige Jalousie, ebenfalls im allgegenwärtigen Beige. Die Möblierung war billig und funktional: ein schmales Bett mit Metallrahmen, eine schlichte Kommode mit drei Schubladen, die sich als Nachttisch verwenden ließ, eine verstellbare Lampe, ein Tisch, darüber ein paar Regalbretter, ein Plastikstuhl in Beige, eine Nische mit Vorhang diente als Kleiderschrank. Eine beigebraune runde Matte bedeckte den Boden unter dem Tisch, die tristen Farben wiederholten sich auf der Baumwolldecke überm Bett. Nach nur wenigen Tagen stand mir das Beige bis hier oben, und ich hatte mir wirklich geschworen, daß mir Beige nimmermehr ins Haus käme.

Vage erinnerte ich mich an die Worte irgendeines berühmten Architekten, daß jedes gänzlich funktionale Gebäude seinen eigenen Charme hätte. Unser Block mit den sanitären Anlagen hätte ihn umgehauen. Die Duschen und Toiletten – auf einer Seite für Männer, auf der anderen für Frauen – und die Waschküche mit den Reihen von Waschmaschinen und Trocknern befanden sich in einem niedrigen Flachbau aus grauem Beton. Er war so konstruiert, daß jeder Winkel darin mit einem Hochdruckreiniger abgespritzt werden konnte, was jeden Morgen um fünf Uhr geschah.

Das Sanitärgebäude erinnerte mich an Campingtouren in meiner Jugendzeit, und mir fielen die Warnungen meiner Mutter wieder ein, daß diese Duschen garantiert Brutstätten für Fußpilz seien. Damals trug ich immer brav meine Zehenschlappen aus Gummi beim Duschen und bedauerte jetzt, keine bei mir zu haben.

Die beliebtesten Räume im Personalquartier waren die Gemeinschaftsküche und der angrenzende Gemeinschaftsraum. Beide beige gestrichen – selbstredend. In der Küche befand sich die übliche Standardausstattung an Elektroherden, Mikrowellen, Spülen und Arbeitsplatten plus etlichen Industriekühlgefrierschränken. Die waren für gewöhnlich bis obenhin mit Eß- und Trinkbarem gefüllt. Alle beschrifteten ihren Besitz, trotzdem gab es ständig Querelen, welche Flasche wem gehörte, und man bezichtigte einander, Milch und Essen stibitzt zu haben.

Der halbe Gemeinschaftsraum war mit Eßtischen möbliert, die andere Hälfte mit einem ständig laufenden Fernseher, einer alten Tischtennisplatte und einer Sammlung von Stühlen und Sesseln, die von diversen Flohmärkten zu stammen schienen.

Im Zimmer zu essen, war uns verboten, aber das scherte natürlich niemanden, und ich hatte einen Vorrat an exotischen Leckereien mitgebracht, mit denen ich womöglich Leute zum Plaudern verführen konnte, nach dem Motto, die Hand, die dich füttert, beißt man nicht. Bisher hatte ich mich von meiner nettesten Seite gezeigt, amüsant und gesellig, auch wenn das recht anstrengend war. Ich wußte, wie ich die Kolleginnen und Kollegen zum Reden bringen konnte, so daß sie mit wertvollen Informationen über die Aylmers und deren Aktivitäten rausrücken würden.

Natürlich brachte diese Extrovertiertheit ein Problem mit sich, nämlich die Erwartungshaltung, durch alle möglichen Betten zu ziehen, wie es in einer Ferienanlage wohl allgemein üblich schien. Meine sexuelle Orientierung störte offenbar niemanden, diese Information hatte Pete bei der ersten Gelegenheit rausgelassen. Fast alle hier wirkten sehr freundlich, jünger als ich, unermüdlich und energiegeladen. Es schmeichelte mir schon, daß mir diverse Kolleginnen und Kollegen versteckte Avancen machten, aber ich ließ durchblicken, daß ich unter meinem fröhlichen Äußeren tiefe Wunden leckte und noch nicht bereit war, eine neue Beziehung einzugehen – wie flüchtig auch immer.

Ich spähte in den Kühlschrank und erwog gerade, ob ich lieber den ganzen Weg wieder zurück ins Hauptrestaurant der Anlage gehen sollte, wo ein Hinterzimmer neben der Küche als Speiseraum für das Personal existierte, als Seb mir auf die Schulter schlug. „Den!“ rief er. „Was gibt's?“

„Ich heiße Denise“, korrigierte ich ohne Hoffnung, daß er sich das hinter die Ohren schriebe. Als Undercover-Agentin hatte ich meinen Vornamen beibehalten, doch meinen Nachnamen Cleever durch Hunter ersetzt. Zu Hause in Canberra hatte ich bei sämtlichen Kolleginnen und Kollegen von ASIO, dem australischen Geheimdienst, durchgesetzt, daß ich Denise genannt wurde, aber hier war das vergebliche Mühe. Vielleicht lag es ja an der Hitze, daß alle Namen abgekürzt wurden.

Was in manchen Fällen von Vorteil war, bei Seb zum Beispiel. Ich fragte mich, was seine Eltern sich gedacht haben mochten, als sie ihn Sebastian nannten. Wahrscheinlich ist es ohnehin schwer, wie ein Sebastian auszusehen, doch für Seb war es unmöglich. Er sah aus wie ein schlichter einsilbiger Ron, Sam oder Joe. Er war ein Muskelpaket mit dem sonnigen unkomplizierten Gemüt eines Kindergärtners oder Floristen. Er hatte kurzgeschnittenes hellblondes Haar, ein frisches Gesicht und einen breiten Spalt zwischen den oberen Schneidezähnen. Außerdem war Seb bisexuell, wie er mich kurz nach unserem Kennenlernen aufklärte

Er griff über mich hinweg in den Kühlschrank und nahm sich eine gebratene Hähnchenkeule aus dem Tuppertöpfchen mit der unzweideutigen Aufschrift: FINGER WEG, DIES GEHÖRT JEN!

„Das gehört Jen", bemerkte ich.

„Sie hat nichts dagegen", versicherte er mit vollem Mund. „Wir sind ein Paar."

Da hatte ich meine Zweifel. Jen, eine gertenschlanke Rothaarige, war auf beträchtlich Höheres aus als Seb. Man hatte gesehen, wie sie mit Quint, dem jüngeren Aylmer-Sohn, unter dem tropischen Mond knutschte, jedenfalls hatte mir Pete das vorhin in der Morgenschicht verraten.

„Und was redet man so?" fragte ich und nahm mir einstweilen eine Cola, während ich entschied, was ich essen wollte. Seb war schon ein paar Jahre in der Aylmer'schen Ferienanlage, somit länger hier als die meisten Angestellten, deshalb war er eine vorzügliche Quelle.

Er lehnte sich an die nächste Arbeitsplatte, während er den Rest der Hähnchenkeule verdrückte. Dann sagte er und gestikulierte dabei mit dem abgenagten Knochen: „Ich bin hier wer und kenne praktisch alles und jeden, frag, was du willst."

„Was weißt du über Roanna Aylmer?"

Seb schürzte die Lippen. „Wie ich höre, hat sie's mit Frauen", sagte er und grinste mich wissend an. „Oder hast du das bereits aus erster Hand erfahren?"

„Ich doch nicht. Sie kam heute morgen hereinmarschiert und brachte einen Gast namens Eddie Trebonus in arge Verlegenheit."

Sebs Gesicht verdüsterte sich. „Trebonus? Der Kerl ist ein elender Wichser."

„Du kennst ihn?" Ich war überrascht. Ständig waren

einige Hundert Gäste auf der Insel, und ich dachte, daß Eddie erst ein paar Tage hier sei.

Stirnrunzelnd erklärte Seb: „Ich war oben im Großen Haus und reinigte den Pool, da kam dieser Typ heraus und scheuchte mich herum, als ob ihm das Anwesen gehörte.“ Er ballte die leere Hand zur massigen Faust. „Ich war drauf und dran, es dem Arschloch zu zeigen.“

Das Große Haus war das Privathaus der Aylmers, und obwohl ich es noch nicht gesehen hatte, war ich überzeugt, daß es noch luxuriöser war als die Gästesuiten.

„Und was passierte dann?“

Bei meiner Frage lächelte er befriedigt. „Mr. Aylmer senior kam heraus und sagte ihm, er solle sein verdammtes Maul halten.“

Ich blinzelte. „Er sagte seinem eigenen Gast, er soll das Maul halten?“

Seb nickte. „Mit genau diesen Worten. Er behandelte Trebonus wie einen Lakei oder so. Ich hab’ natürlich weitergearbeitet, konnte mir aber das Lachen nicht verkneifen. Trebonus lief rot an, dann verschwand er wortlos.“

Ich wollte gerade weiterfragen, als Kays magere Gestalt in die Küche geschossen kam. „Stellt euch vor. Es ist etwas Schreckliches passiert! *Schon wieder.*“ Sie zog die spitze Nase kraus. Als Botin des Schreckens war sie unbestreitbar prädestiniert.

Selbst das Haar schien ihr vor Vergnügen zu Berge zu stehen wie ein beiger Afrolook. Ja, *beige.* Vielleicht konnte ich diese Frau deshalb nicht ausstehen, eine Tatsache, die zu verbergen mir schwer fiel.

„Kommt ihr?“ fragte sie. „Ein Gast ist ertrunken. Die Hölle ist los!“

3

Wie üblich hatte Kay übertrieben. Unten am weißen hölzernen Pier, der ins aquamarinblaue Wasser ragte, machte sich eher stumme Verzweiflung breit, während sich Sven, der Bademeister des großen Pools, mit der leblosen Gestalt abrackerte. Wir machten einen Bogen um die Zuschauer, meine Füße gruben sich in den feinen Korallensand, wobei es mir gelang, mich an Jen vorbeizudrücken, die ihr Bestes tat, die Gaffer zu zerstreuen. Sie war eine erstaunliche Person mit ihrer milchigen Haut, flammend rotem Haar und heftigen Gesten, doch ihre Bemühungen waren umsonst. Wie immer bei einem Desaster hatte ein rätselhaftes Lauffeuer allen Leuten in der Umgebung signalisiert, daß etwas Dramatisches vorging, und aus allen Richtungen strömten Menschen herbei.

Für gewöhnlich vermeide ich es, mich bei Unfällen wie ein Aasgeier aufzuführen, aber die Person, deren Rolle ich spielte, Denise Hunter, gaffte mit Begeisterung, deshalb drängte ich mich vor, bis ich sehen konnte, was los war. Das Opfer war männlich, gut gebaut, mit einer dunklen Mähne auf dem großen Kopf und einer ebensolchen Matte auf der Brust. An seiner leblosen linken Hand funkelte ein Ehering, und da von den Umstehenden niemand schluchzte, dachte ich entsetzt, daß seine Frau vielleicht irgendwo auf der Insel ihren Urlaub genoß, ohne zu ahnen, daß ihr Mann aller Wahrscheinlichkeit nach tot war.

„Lassen Sie mich durch, ich bin Ärztin." Eine schmale resolute Frau im Bikini bahnte sich ihren Weg nach vorn.

Ich wandte mich an den Fleischberg neben mir mit rasierter Glatze und mißbilligendem Zug um den Mund, der eine breitrandige Sonnenbrille und eine winzige Badehose trug sowie ein dicke Ölschicht.

„Was ist passiert?" erkundigte ich mich.

Er sah mich stirnrunzelnd an, als empfände er meine Frage als Zumutung. „Beim Tauchen", sagte er mit starkem amerikanischem Akzent, den mein ungeschultes Ohr für New Yorkerisch hielt. Dann fügte er mit Entschiedenheit hinzu: „Diese Amateure bringen sich ununterbrochen in Gefahr." Er grunzte mißbilligend. „Ohne Partner zu tauchen – der Gipfel der Dummheit."

„Wissen Sie seinen Namen?"

Er zuckte die Achseln. „Keine Ahnung."

„Lloyd Snead", erklärte eine weibliche Stimme. Ebenfalls Yankee, aber mit weniger Akzent. Bei dem Namen, den sie nannte, läuteten sofort die Alarmglocken. Ich drehte mich zu ihr um. Ich bin schon relativ groß, doch diese Frau hatte Basketballerinnenformat. „Lloyd Snead", wiederholte sie. „Wir saßen heute morgen beim Frühstück an einem Tisch. Er war recht charmant."

Sie trug einen schwarzen Bikini, und ihre sonnengebräunte Haut wirkte wie geöltes braunes Leder. Ich schätzte sie auf Mitte bis Ende Dreißig, aber ihr Gesicht war von einem Netz feiner Fältchen bedeckt. Sie sah über mich hinweg den Fleischberg an und bleckte beim Grinsen die Zähne. „Ich habe Sie schon gesehen. Ich bin Cynthia Urquhart."

Erwartungsvoll sah sie ihn an. Nach einer peinlichen Pause sagte er widerwillig: „Fallon. Oscar Fallon."

„Oscar! Das ist ein Name!" Sie giggelte kleinmädchenhaft.

Oscar verkniff sich ein Augenrollen, doch ich tat mir keinen Zwang an.

Cynthia war nicht mehr zu bremsen. „Sie können Cindy zu mir sagen. Wie alle meine Freunde." Ungeachtet seines Ausdrucks, der besagte, daß er lieber über heiße Kohlen liefe, als sie Cindy zu nennen, fuhr sie fort: „Ich dachte, Sie kannten den armen Lloyd. Sie haben sich doch heute morgen im Frühstücksraum mit ihm unterhalten, als ich hereinkam."

„Ich kannte ihn nicht."

Daß er es schlankweg bestritt, irritierte Cindy sichtlich. Sie kniff die Augen zusammen, so daß ein Fältchenkranz in ihren Augenwinkeln stand. „Ich habe Sie beide zusammen gesehen." Wie hilfesuchend blickte sie mich an. „Tatsächlich, wissen Sie", sagte sie zu mir.

Ebenfalls irritiert zog Oscar die Oberlippe hoch. „Wir haben also geredet, na und? Das heißt doch nicht, daß ich das Geringste über ihn weiß."

Demonstrativ wandte er den Kopf ab, womit das Gespräch beendet war. Cindy murmelte: „Ungehobelter Klotz!" und verschwand.

Vielleicht wußte Oscar nichts über ihn, aber ich schon. Meine Vorbereitung auf diesen Auftrag hatte eine intensive Beschäftigung mit allen Personen bedeutet, die mir möglicherweise als Mitspieler auf der Insel begegneten. Snead war Stammgast hier, ein Banker, der bis zum Stehkragen in Geldwäsche verwickelt sein sollte – so das Gerücht –, was ihm bisher nicht nachgewiesen werden konnte. „Haben Sie eine Ahnung, wer Mr. Snead gefunden hat?" fragte ich freundlich.

Oscar nickte rasch in Richtung eines Jungen, der etwas abseits stehend auf seiner Unterlippe kaute. „Der Junge da. Er war zirka zwanzig Meter rausgeschwommen, als er um Hilfe rief. Ich sprang rein, und wir haben ihn auf den Sand gezogen. Da war er schon tot, die Wiederbelebungsversuche sind reine Zeitverschwendung."

Offenbar hatte er recht. Die einzige Regung des Körpers verursachten Svens beharrliche Wiederbelebungsversuche. Die Ärztin legte Sven die Hand auf den Arm und schüttelte den Kopf. Stille befiel die Zuschauer, denen klar wurde, daß der Mann tot war.

Als ich zu dem Jungen hinüberging, sah ich, daß er zitterte, obwohl ihm die tropische Sonne auf die Schultern brannte. „He, das muß ja schrecklich gewesen sein", sagte ich mit echtem Mitgefühl in der Stimme.

Er sah mich mit blinden Augen an. „Ja, das war es."

„Was ist denn passiert?"

„Weiß nicht." Der Junge deutete zu den Mangroven am Ende des Strandes. „Ich hab' da hinten geschnorchelt und dachte, ich sehe einen Delphin."

Er wischte sich mit der Hand übers Gesicht. „Dabei war es der Typ, der da im Wasser hing. Zuerst dachte ich, daß er lebt, weil seine Arme so schwebten." Er schluckte. „Aber dann rollte er herum, und ich sah sein Gesicht."

„Hatte er die Tauchausrüstung an?"

Der Junge nickte. „Ja, die Sauerstofflaschen und all das, aber das Mundstück trieb lose vor seinem Gesicht."

„Weißt du, wo die Flaschen jetzt sind?"

Er sah mich stirnrunzelnd an, als ob er sich schließlich doch wunderte, wieso ich das unbedingt wissen wollte. „Der Typ, der mir geholfen hat – wir haben die Flaschen abgestreift und in den Sand gelegt..."

Ich blickte in die Richtung, in die er zeigte, doch am weißen Strand war von einer Tauchausrüstung nichts zu sehen. Ich wollte gerade weiter fragen, als eine tiefe Männerstimme hinter mir sagte: „Bist du der Junge, der ihn gefunden hat? Ja? Dann kommst du besser gleich mit."

Ich drehte mich um und starrte in das ansehnliche, aber verdrossene Gesicht des jüngeren Aylmer-Sohns Quint. Er musterte mich von oben bis unten, las mein Namensschild und fragte: „Sollten Sie nicht im Dienst sein, Denise?"

„Nein. Erst zur Abendschicht."

Quint lächelte elektrisiert, und einen Moment lang konnte ich sein erstklassiges Gebiß bewundern. „Verstehen Sie mich nicht falsch, Denise, aber es macht keinen guten Eindruck, wenn das Personal hier herumhängt. Sie verstehen, was ich meine?"

Ich verstand und antwortete mit einem Sie-sind-der-Boß-Blick, woraufhin er eine so befriedigte Miene an den Tag legte, daß es mich giftete. Ich sah Jen auf uns zu hasten, also stakste ich davon, ohne große Eile für den Fall, daß Quint Aylmer wirklich glaubte, ich verdrückte mich folgsam. Ich lungerte unter den Palmen herum, bis er und der Junge gingen, dann kam ich zurück und suchte am Strand nach der Tauchausrüstung. Sie war nicht da.

Selbst wenn Snead überlebt hätte, wäre die Polizei von Queensland gekommen, um den Unfall zu untersuchen, insofern wußte ich, daß mein Boß bei ASIO davon Kenntnis hatte, daß etwas passiert war. Als verdeckte Ermittlerin konnte ich nicht riskieren, anzurufen, nicht mal übers Handy, wußten wir doch, daß die Aylmers die Insel mit neuesten elektronischen Überwachungsgeräten ausgestattet hatten. Außerdem stellten sie erschöpfende Nachforschungen über ihr Personal an, so daß der Aufwand, den ASIO mit meiner neuen Identität betrieben hatte, durchaus seinen Sinn hatte. Denise Hunter besaß eine Geburtsurkunde, Schulzeugnisse und eine Anzahl Arbeitspapiere, wie es sich für eine Arbeitskraft, die weit herumgekommen war, gehörte. Ihren Papieren zufolge war sie oft im Ausland gewesen, was es einfacher machte, die Lücken hier in Australien zu schließen.

Dabei fielen mir die Worte meines Schulungsleiters wieder ein: „Sie müssen glauben, daß Sie diese Denise Hunter sind, rund um die Uhr. Vielleicht werden Sie nicht überwacht, trotzdem verhalten Sie sich immer so, als folgte Ihnen auf Schritt und Tritt eine Videokamera, selbst im Schlaf. Gehen Sie davon aus, daß Ihre Sachen gefilzt werden, deshalb muß alles, was Sie bei sich haben, zu dem persönlichen Lebensstil des Wesens, das Sie jetzt sind, passen. Egal, was geschieht, diese Rolle dürfen Sie nie, nie ablegen."

„Ich darf also meine ledergebundene Jane Austen-Sammlung nicht mitnehmen?" erwiderte ich. Er rollte die Augen.

Zusammen entwickelten wir eine Persönlichkeit und einen Lebenslauf für Denise Hunter. Sie ist eine harte Arbeiterin, aber leicht gelangweilt, deshalb bleibt sie nicht lange in ihrem Job. Sie plaudert und reist und amüsiert sich gern. Sie zerbricht sich nicht den Kopf, sondern ist im Grunde fröhlich, oberflächlich und dem Lustprinzip verschrieben.

„Ganz das Gegenteil von mir", hatte ich zu meinem Schulungsleiter gesagt. Da lachte er nur.

Jetzt mußte ich unbedingt mehr darüber herauskriegen, was mit Lloyd Snead passiert war, ohne die Aufmerksamkeit auf mich zu lenken. Ich ging zum Laden, wo es die Tauchausrüstungen gab, und plauderte mit dem liebenswürdigen jungen Mann, der die Gäste mit dem nötigen Gerät versorgte. Auf seinem gelben Hibiskushemd prangte das Namensschild Tim. Ich hatte ihn schon mal gesehen, aber noch nicht gesprochen.

„Einer Ihrer Kunden ist so gut wie ertrunken", bemerkte ich.

„Mr. Snead? Ja, hab' ich gehört."

„Wohl eher ein Amateur, oder?"

Tim zuckte die Achseln. „Wie die meisten Gäste. Ich machte mit ihm einen Einführungskurs, und er schien alles kapiert zu haben."

„Jemand hat gesagt, er sei allein getaucht."

Tim zog eine Grimasse. „Hätte er auf mich gehört, hätte er gewußt, daß das verboten ist."

Ich grinste ihn schelmisch an. „Sie haben ihn doch nicht etwa mit leeren Flaschen rausgeschickt, Tim?"

„Ich doch nicht." Er tat schockiert. „Außerdem hat Mr. Snead heute morgen gar keine Flaschen von mir bekommen."

„Nein? Woher hatte er sie dann?"

„Was weiß denn ich. Ich kann bloß sagen, daß er die Tauchausrüstung nicht von hier hat."

Ich glaubte kaum, daß viele Gäste ihre eigenen Sauerstofflaschen mitbrachten, denn sie waren sperrig und schwer, deshalb war die Frage interessant, woher Snead seine hatte. Es erschien mir nicht klug, weiter zu fragen, und so verabschiedete ich mich von Tim und machte mich auf den Weg zu einem späten Lunch.

Als ich den Hügel zu unserem Personalquartier hochschlenderte, holte mich Jen ein. Ihre helle Haut wies eine hektisch rote Färbung auf, was sich mit ihrem flammend roten Haar stach. „Ich hab' gesehen, wie du mit Quint geredet hast", stieß sie hervor.

Ich begriff, ich mußte sie vergewissern, daß ich nicht in ihr Territorium eindrang. „Genau genommen hat Mr. Aylmer mir gesagt, daß ich verduften soll. Er meint, daß sich das Personal bei sozialen Anlässen nicht unter die Gäste mischen soll."

„Soziale –" Jen unterbrach sich und boxte mich amüsiert. Es tat weh. Diese dürren weißen Ärmchen konnten ganz schön zuschlagen. „Du bist so witzig, Denise", sagte sie. Dann wurde sie ernst. „Der Typ ist tot, weißt du. Sven hat sich völlig umsonst verausgabt, denn die Ärztin sagte, er sei schon vor einer Weile ertrunken." Sie verzog das Gesicht. „Diese Mund-zu-Mund-Sache – also ich könnte das nicht. Du vielleicht?"

„Du küßt doch auch", erklärte ich nüchtern. „Das ist doch Von-Mund-zu-Mund."

„Huch." Jen verzog das Gesicht noch mehr. „Du bist verrückt. Ich würde doch keinen *Toten* küssen."

Ich brachte mich in Sicherheit für den Fall, daß ihr einfiel, mich noch einmal zu boxen, und fragte: „Hast du den Typ gekannt? Man sagt, er hieß Lloyd Snead."

„Nein." Sie hielt an und dachte nach. „Der Name kommt mir bekannt vor. Vielleicht hat Quint ihn mal erwähnt. Warum willst du das wissen?"

„Aus keinem besonderen Grund." Es hatte keinen Sinn, weiter zu bohren. Jen war zielstrebig, aber auch helle. Das letzte, was ich wollte, war, daß sie Quint Aylmer erzählte, Sneads Tod interessiere mich. „Hast du heute Abendschicht?" fragte ich.

Diese Frage erzeugte garantiert ein lebhaftes Echo:

Alle, die Schicht hatten, klagten, wie schwer sie es hatten, und würzten ihre Geschichten mit Schreckensdingen, die ihnen passiert waren. Alle, die keine Schicht hatten, erzählten fröhlich, was sie in ihrer Freizeit vorhatten. Jen gehörte zu letzteren.

„Eigentlich hoffe ich, ein bißchen Zeit mit Quint zu verbringen“, sagte sie mit hintergründigem Lächeln. „Natürlich dürfen wir uns nicht in der Öffentlichkeit zeigen, schließlich ist er ein Aylmer und so – aber das kann sich ändern, wenn...“ Sie ließ den Rest in der Luft und sah mich bedeutungsvoll an.

„Also ist es für dich ernst? Ich dachte, du stehst auf Seb.“

„Seb?“ Ihr Ton war liebevoll herablassend. „Seb ist sehr nett, aber...“ Sie sah mich an. „He, Denise, wenn *du* ihn willst – ich bin nicht mehr scharf auf ihn.“

„Seb interessiert mich nicht.“

„Nein? Weil du lesbisch bist? Bestimmt bist du bi.“

Ich wich nicht rasch genug aus, so daß sie mich scherzhaft auf den Bizeps boxte. „Ich meine“, sagte sie, „Das ist doch praktisch jeder.“

Der Freitagabend in der Tropical Heat Cocktail Lounge wurde nur von der Samstagnacht übertroffen, was Gegröhle, Trunkenheit und Grobheit der Gäste betraf. Mich wunderte, wieso der Wochentag in einer Ferienanlage eine Rolle spielte, bis Pete erklärte, daß eine Meute nur übers Wochenende kam, per Flugzeug oder Boot von Freitagnachmittag bis Sonntagabend.

Außer Pete und mir hinter der Bar bedienten noch drei an den Tischen, darunter Kay mit dem ätzend beigen Haar. Es war gefärbt – aber wie jemand so eine Farbe *auswählen* konnte, war mir ein Rätsel.

„Schrecklich, das mit dem ertrunkenen Typ“, sagte sie, während sie darauf wartete, daß ich die Gläser füllte. Ich zapfte acht Biere und mußte mich nicht darauf konzentrieren.

Wie ich wußte, hatte Kay fast den ganzen Nachmittag vertretungsweise Dienst im Hauptbüro getan, deshalb fragte ich: „Ist die Polizei gekommen?“

Sie übertönte den Lärm, der bereits die Schmerzgrenze erreicht hatte: „Es waren die gleichen zwei, die letztes Mal herübergeflogen sind. Der Junge ist richtig süß. Wie der junge Mel Gibson, weißt du? Natürlich waren sie nicht allzu interessiert. Ich meine, es ist ja nur jemand ertrunken – dem Typ davor wurde der Kopf weggepustet.“

Bei meiner Ankunft auf der Aylmer-Insel hatte man mir in aller Ausführlichkeit geschildert, wie schrecklich das mit dem Erschossenen war, und dem Anflug von Bedauern in Kays Stimme entnahm ich, daß der zweite Unfall leider an den ersten überhaupt nicht heranreichte. „Schade, daß Snead nicht von einem Hai angeknabbert wurde, dann hätte es sich eher für die Bullen gelohnt.“

Mein Ton war etwas zu trocken. Kay sah mich verdutzt an, dann sagte sie: „Letztes Mal waren Reporter da und so. Hier war echt was los. Ich hab' mich selbst im Fernsehen gesehen – ich hab' nichts gesagt. Ich stand nur in der Menge.“

Zum Glück hatte Lloyd Sneads Tod keinen großen Nachrichtenwert. Das Fernsehen präsentierte nur allzugern Hintergrundszenen. Sollten die Medien die Aylmer'sche Ferienanlage heimsuchen, bestünde durchaus die Möglichkeit, daß mein Gesicht in die australischen Wohnzimmer ausgestrahlt würde, und das war nun ganz und gar nicht erstrebenswert.

Ich fürchtete nicht nur die Medien, mich trieb auch die Angst um, daß ich irgendwann von der Bar hochblickte und irgendeine bekannte Person auf mich zukam. „Denise!" hörte ich sie oder ihn ausrufen. „Was tust du denn hier? Hast du dich etwa von ASIO verabschiedet, oder?"

Ich hatte schon öfter undercover gearbeitet, und so etwas war mir noch nie passiert, aber ich kannte die Geschichten von anderen Agentinnen und Agenten, die aufgeflogen waren.

Kay hob das beladene Tablett so mühelos von der Theke, daß ich staunte, vor allem, weil sie so aussah, als könne man sie gleich umpusten. „Die Frau von dem Typen ist ja nicht allzusehr am Boden zerstört", sagte sie. „Die dahinten in der Ecke mit dem lindgrünen Kleid."

Ich folgte ihrem Blick. Kay hatte recht, die Frau in dem hautengen grünen Kleid wirkte relativ gelöst, soweit das denn möglich war, wenn man sich mit Eddie Trebonus unterhielt. Sie war attraktiv wie eine vollerblühte Rose. Blondiertes Haar, rosa Wangen und ein üppiger Körper. Ich wettete insgeheim, daß sie sich beim Gehen wie Marilyn Monroe in den Hüften wiegte. Soviel zu meiner Vorstellung von einer in Tränen zerflossenen, untröstlichen Witwe.

Zu meinem Ärger sah Eddie, wie ich zu ihnen hinschaute. Er grinste breit, hob die Hand und winkte. Ich unterdrückte meinen Schauder und eilte Pete zu Hilfe, bei dem eine gierige Meute von Stammgästen an der Bar Schlange stand.

„Harvey Wallbanger", bestellte ein Gast. Den Cocktail kannte ich im Schlaf, denn es war eine einfache Mixtur aus Wodka und Orangensaft mit einem Spritzer Galliano obendrauf. Was ich haßte, waren die Drinks mit vielen Ingredienzen, bei denen ich ständig nach hinten rennen und in meinem schlauen Ratgeber nachschlagen mußte. Sogar mit dieser Hilfe geriet ich manchmal durcheinander, so daß ich womöglich den einen oder anderen neuen Cocktail erfand, doch das würden die meisten Stammgäste in einer so turbulenten Nacht ohnehin nicht merken, da es den meisten darum ging, soviel Alkohol wie möglich in sich reinzukippen, wie mir darum, sämtliche Bestellungen nacheinander abzuarbeiten.

„Alarmstufe Rot", sagte Pete zehn Minuten später. „Dein Alptraum sucht dich heim."

Eddie drängte sich in einen Spalt der Gäste an der Bar und grinste mich an. Leider konnte ich nicht einen Hauch von Dankbarkeit über seine Freude an meiner Gesellschaft empfinden. Aber ich zuckte wohl auch nicht allzu offensichtlich zusammen, als er herüberlangte und mich mit seinen fetten Fingern tätschelte. „Viel los heute abend, Den?"

Ich trat einen Schritt zurück. „Ich heiße Denise."

„Nun, *Denise*..." Eddie machte eine Pause und wieherte, dann sagte er mit aufreizendem Grinsen: „Was ich mir vorstelle, ist ein echter Test für Sie. Ich hätte gern einen Ramos Gin Fizz. Was halten Sie davon?"

Gin Fizz kannte ich. Gin, Zuckersyrup, Lime, Zitrone, Soda und eine Kirsche, aber was zum Teufel war ein Ramos Gin Fizz?

„Ich würde ja so einen Gin Fizz nicht trinken", erklärte ich. „Ich habe gehört, daß die schädlich sind. Richtig gesundheitsgefährdend."

Eddie starrte mich an, staunte, dann glitt ein Lächeln über seine dicken Lippen. „Was Sie nicht sagen."

Noch ehe er weiterreden konnte, kam Pete dazu. „Ich übernehme die Bestellung“, sagte er. „Denise, du wirst gewünscht, dort an der Hintertür.“ Er folgte mir, als ich mich abwandte.

„Danke“, sagte ich und fand es überaus nett von ihm, mich zu retten.

„Nein, wirklich“, erklärte Pete. „Da verlangt jemand nach dir. Und beeil dich, um Gottes Willen.“ Er deutete auf das Gedränge an der Bar. „Die Barbaren sind vor den Toren, und sie sind verdammt durstig.“

Die Tür stand einen Spalt offen, was strikt gegen die Vorschriften verstieß, nach denen die Tür stets geschlossen und verriegelt sein sollte. Ich stieß sie auf und trat hinaus. „Denise“, sagte Roanna Aylmer.

Ich muß gestehen, daß mein Herz einen Satz tat und mein Blut in Wallung geriet. „Ms. Aylmer“, sagte ich, die Höflichkeit in Person.

Sie ließ einen amüsierten Laut hören, tief in ihrer Kehle. „Ich denke, Sie können Roanna zu mir sagen.“

„Roanna“, sagte ich. Das war ein ungewohnter Name für mich, aber er paßte sehr gut zu ihr.

„Ich wollte Sie um einen Gefallen bitten.“

„Ach ja?“ fragte ich so unbeteiligt wie möglich.

„Pete habe ich schon gefragt, und er hat zugesagt, morgen bei unserem Familienfest im Großen Haus als Barkeeper dabeizusein. Er braucht aber Unterstützung, und ich wollte fragen, ob Sie ihm ab sieben Uhr abends helfen würden.“

Perfekt, dachte ich, *aber sag nicht so hastig zu.*

Roanna deutete mein Schweigen als mögliche Ablehnung. Sie runzelte die Stirn, was mich zu der Überzeugung brachte, daß sie von mir einen Freudensprung über eine solche Gelegenheit erwartet hatte und nun verblüfft war. Nach einer langen Pause sagte sie: „Ich weiß, daß morgen Ihr freier Abend ist, aber ich werde dafür sorgen, daß Sie angemessen bezahlt werden."

„Gebongt", sagte ich salopp.

Ihre Stirn war noch immer gerunzelt. „Tun Sie es nicht, wenn Sie es eigentlich nicht wollen", sagte sie mit einem strengen Unterton.

Ich lächelte kurz. „Morgen abend geht klar." Eine leichte Brise wehte den Duft tropischer Blumen herüber. Ich blickte auf ihre festen Lippen. *Wir könnten die Sache mit einem Kuß besiegeln,* dachte ich.

Roanna legte den Kopf schief und musterte mich. Hoffentlich konnte sie nicht meine Gedanken lesen, die sich über den Kuß hinaus mit noch verlockenderen Vorstellungen beschäftigten. „Sieben Uhr", sagte sie. „Es wird bestimmt ein interessanter Abend."

„Sie sagen es", murmelte ich und zog mich zurück.

4

Als ich endlich hügelan zum Personalquartier trottete, taten mir die Füße weh, meine Augen brannten von dem Zigarettenqualm, und meine Ohren sausten von dem schrecklichen Lärm. Nachdem wir um drei Uhr die Bar geschlossen hatten, war ich Pete beim Aufräumen behilflich gewesen. Anschließend wollte er zu einem Rendezvous. Seinem erwartungsvollen Lächeln entnahm ich, daß es eine echt heiße Sache war, aber er nannte keinen Namen, und ich fragte auch nicht.

Der Vollmond war bereits untergegangen, so daß die Milchstraße konkurrenzlos funkelte. Auf den letzten Metern der Anhöhe sah ich mich forschend um, ob alles so war wie immer. Diese Angewohnheit resultierte aus meiner Schulung, obendrein war mir sehr wohl bewußt, daß dieser Weg für einen Hinterhalt ideal war. Üppige Vegetation wucherte zu beiden Seiten. Nur eine Reihe knöchelhoch montierter Lichter alle paar Meter erhellten die Oberfläche des Weges und sorgten für Trittsicherheit, waren aber völlig unnütz, sofern jemand im Unterholz lauerte. Es gab keinen Grund, mich bedroht zu fühlen, doch Lloyd Sneads Tod hatte mich beunruhigt. Es könnte zwar ein Unfall gewesen sein, aber meine Ahnung sagte mir etwas anderes.

Um mich aufzuheitern, stellte ich mir vor, Roanna lauerte hinter den Büschen, die Andeutung eines Lächelns auf den Lippen. Sie verträte mir den Weg und würde mich lässig zu einem Spaziergang in tropischer Nacht einladen. Ich würde mich erst mal zieren, denn sie sollte mich ja nicht für leichte Beute halten. Welch ein verlockender Gedanke, nur tauchte sie natürlich nicht auf, deshalb ging ich auf der Suche nach einer Tasse Kaffee zum Gemeinschaftsraum – zwar erschöpft, doch noch kein bißchen schläfrig.

Wie immer waren Leute auf und feierten. Gähnend ging ich in die Küche, wo Seb ein aufmerksames Publikum unterhielt. Sein sandfarbenes Haar stand ihm zu Berge, und sein Gesicht war rotangelaufen vor Lachen und – dem Bier in seiner Hand nach zu schätzen – Alkohol. Dramatisch erklärte er: „Also holte George Aylmer mich und Ivy, bevor er sich mit der soeben Witwe gewordenen Frau konfrontierte. Ich war anwesend, um Lainie Snead vom Boden aufzulesen, falls sie ohnmächtig wurde." Er grinste Ivy Bestlove an. „Und Ivy sollte Riechsalz bereithalten."

Ivy Bestlove war die durch nichts zu erschütternde Krankenschwester der Ferienanlage und kümmerte sich für gewöhnlich um Korallenschnitte, Sonnenbrände und andere Mißlichkeiten, die den Gästen zustießen. Sie war effizient, auf kühle Weise attraktiv, freundlich, aber zurückhaltend. Obwohl ich mich schon des öfteren mit ihr unterhalten hatte, war ich der Erkenntnis, wie sie tickte, keinen Schritt näher gekommen.

„Und was geschah dann?" fragte Kay, die an einem Gesundheitstrank von gruseliger Farbe nippte, den sie hütete wie ihren Augapfel, als ob jemand von uns auch nur den leisesten Wunsch hätte, das Gesöff zu probieren.

Wenn Seb eine Geschichte erzählte, ließ er sich nicht gern antreiben. „Gleich kommt es", sagte er gereizt. Ein paar Leute verloren das Interesse und gingen, deshalb fuhr er noch lauter fort: „Also machten wir drei uns auf die Suche nach Lainie Snead, um ihr die Nachricht zu überbringen, daß ihr Mann ertrunken ist. ‚Zu meinem Bedauern muß ich dir eine sehr schlimme Nachricht überbringen', sagte George Aylmer, als wir sie beim Sonnenbad auf einer Liege am Hotelpool entdeckten. Wißt ihr, was Lainie geantwortet hat?" Seb sah erwartungsvoll von einem Gesicht zum anderen. „Na, wer rät es?"

„Nun mach schon, Seb", rief Bruce. Er war ein dürrer, drahtiger Mann, dessen Gesicht durch die engstehenden schwarzen Augen und das ständige Feixen etwas Bedrohliches hatte. Er war ein schwerer Trinker, selbst nach Maßstab des Personals, und um diese Zeit am frühen Morgen wirkte er noch angeschlagener als sonst.

Seb runzelte verärgert die Stirn und fuhr fort: „Lainie sagte also: ‚Spuck's aus, George', als fände sie es gar nicht merkwürdig, daß wir da zu dritt bei ihr am Pool auftauchen. George schlägt vor, daß wir alle reingehen, wo es doch etwas privater ist, aber sie sitzt da und sagt: ‚Schieß los!' Und er tut's."

Seb legte eine effektvolle Pause ein, doch ein paar „Mach schon" trieben ihn wieder an.

„Ich steh' also da und warte, daß sie ohnmächtig wird, und Ivy ist bereit, Erste Hilfe zu leisten oder zumindest weiblichen Beistand..." Wieder hielt er inne.

„Ich geh' zu Bett", erklärte jemand.

„Also", sagte Seb und brachte zwangsläufig seine Geschichte auf den Punkt, „George Aylmer sagt ihr, daß ihr Mann beim Tauchen verunglückt und ertrunken ist und daß die Bullen bereits im Anflug sind. So kühl, wie du es nicht für möglich hältst, erkundigt sie sich nach den Details und sagt dann: ‚Eure Schlamperei vermutlich. Ich schätze, ich werde die Anlage verklagen!' Dann steht sie auf, geht weg und läßt uns einfach stehen."

„Lainie Snead war heute nacht im Tropical Heat", steuerte ich zur Geschichte bei, „in einem grünen Kleid mit Ausschnitt bis hier."

Ich habe Klatsch immer verabscheut, aber Denise Hunter gehörte zu denen, die so was genießen. Außerdem war das Ganze ein Tauschgeschäft, Klatsch gegen Klatsch, und ich war hier, um so viele Informationen über die Aylmers und ihr Umfeld herauszuleiern wie möglich.

„Lainie Snead war schon immer ein kleines Luder", sagte Kay.

Die anderen stimmten ihr zu. „Offenbar kennt ihr sie alle, wie kommt's?" fragte ich.

Manche prusteten. Seb antwortete: „Alle kennen die Sneads. Sie kommen schon seit Jahren alle drei Monate hierher. Er ist irgendein hohes Tier bei einer Bank, und sie verpulvert die Knete, die er macht. Und in ihrer Freizeit beklagt sie sich über das Personal."

„Weißt du noch, wie sie sich einmal beschwert hat, daß sich Quint Aylmer an ihr vergriffen hätte?" fragte Kay. „Ich war allein im Büro, als sie reingestürmt kam und verlangte, mit Moreen Aylmer über ihren mißratenen Sohn zu reden!"

Spöttische Kommentare zeugten von der Übereinstimmung, daß Quint ein solches Vergehen durchaus zuzutrauen war. Gerade als alle über andere Dinge zu reden begannen, sagte Vera Otterlage: „Wenn du eine Frau bist und atmest, dann paß auf!"

Veras Spätzündung hatte mich vom ersten Augenblick an fasziniert. Sie war zierlich, energiegeladen, hatte große blaue Glubschaugen und begriff jeden Witz mit Verspätung – manchmal auch gar nicht – oder gab ihren Senf zu einem Thema dazu, das schon längst abgehakt war. Sie schien immer einen Takt hinter der Musik her zu tanzen, die alle anderen hörten.

Vera wippte auf den Zehenspitzen und sah sich beifallheischend um. „Weiß Jen eigentlich über Quint Aylmer Bescheid?“ fragte sie. „Ich meine, es sollte sie wirklich jemand warnen.“

Das brachte einen komischen Mißton in die Unterhaltung. „Warum machst du es nicht, Vera?“ erwiderte Ivy Bestlove. Der Zorn in Ivys Stimme entging Vera ganz offensichtlich. Sie sagte: „Oh, ich könnte das nicht! Wir sind keine richtigen Freundinnen mehr seit dem Tag, als sie mich gehauen hat.“

„In die Schnauze, hoffentlich“, knurrte Bruce. Vera war nicht sehr beliebt, aber Bruce ging weiter als die meisten und verhehlte seine Abneigung nicht.

Vera blinzelte. „Auf den Arm, genau gesagt. Ich weiß nicht, warum. Ich hab' ihr doch gar nichts getan.“

Ein spöttisches Johlen folgte. Vera schob die Unterlippe vor.

„Jen muß da was mißverstanden haben, was du gesagt hast“, kam ich ihr zu Hilfe.

Vera nickte etwas beschwichtigt. „Jen ist einfach unmöglich! Du weißt, daß ich immer versuche, mit allen gut Freund zu sein, deshalb begreife ich nicht, warum sie immer so auf mir rumhackt.“

Versuchen war das treffende Wort für Vera. Sie war eine der irritierendsten Personen, die mir je untergekommen waren, aber da sie mit der täglichen Organisation der verschiedensten Tagungen und Konferenzen, die auf der

Insel stattfanden, zu tun hatte, pflegte ich den freundschaftlichen Kontakt zu ihr, vor allem, weil in ein paar Tagen eine wichtige Konferenz angesagt war. Mit Vera befreundet zu sein, war echte Knochenarbeit, und ein paarmal war ich selbst drauf und dran, ihr eine zu ballern.

Veranstaltungsorganisatorin lautete ihre Tätigkeitsbezeichnung, was sie bei jeder Gelegenheit heraushängen ließ. Daß Vera einen so verantwortungsvollen Posten innehatte, überraschte mich, konnte ich mir doch kaum vorstellen, daß sie in der Lage war, irgend etwas auch nur halbwegs Kompliziertes zu organisieren. Aber sie war nun schon über ein Jahr auf der Insel und hatte mindestens fünfundzwanzig Tagungen auf die Reihe gekriegt. Das hatte mir Vera vor ein paar Tagen bei einem trauten Tête-à-Tête mitgeteilt, bei dem ich meist nur müde gegrunzt und Mitgefühl signalisiert hatte, während mir Vera ihr Herz ausschüttete, daß man sie nicht anerkannte.

Sie hatte die umwerfende Eigenart, statt *im Ernst in echt* zu sagen, worüber sich alle lustig machten und sie nachäfften: „Glaubst du das in echt, Vera? Ganz in echt?" Dann ließen sie sie wiehernd stehen, und sie starrte ihnen mit verwundertem Stirnrunzeln nach.

Ich seufzte in mich hinein. Morgens um vier schaffte ich es nicht mehr, meine Freundschaft mit Vera zu kultivieren, und wenn sie mich noch so erwartungsvoll aus ihren blauen Glubschaugen ansah. „Ich geh' zu Bett", erklärte ich.

„Warum können die Leute nicht einfach nett sein?" fragte mich Vera. „Ich meine, das ist doch in echt nicht so schwer, oder?"

„In echt nicht", stimmte ich ihr zu. Jetzt tat *ich* es also auch.

***

Erledigt öffnete ich meine Tür und machte Licht. Alle Zimmer hatten Schlösser, aber ich schloß nie hinter mir ab. Schließlich hatte ich nichts zu verbergen, oder?

Ich machte die Tür zu und sah mich forschend um – eine nächtliche Routine. Paranoid oder nicht, ich setzte ein ausdrucksloses Gesicht auf für den Fall, daß mein Schulungsleiter recht hatte und eine Videokamera mich beobachtete. Als ich bei meiner Ankunft dieses Zimmer zugewiesen bekam, hatte ich es eingehend untersucht und war fast sicher, daß höchstens irgendwo eine winzige Wanze stecken konnte, obwohl auch das äußerst unwahrscheinlich war. Warum sollte irgend jemand einen Verdacht gegen mich haben? Und was bekämen sie zu hören? Hoffentlich schnarchte ich nicht. Das wäre mir ziemlich peinlich.

Für gewöhnlich blickte ich mich rasch im Zimmer um und tat dann, was ich vorgehabt hatte. Diesmal hielt ich die Luft an. Jemand war hier gewesen. Einige von mir arrangierte Gegenstände lagen ein wenig anders. So hatte ich den Roman, den ich gerade las, genau mit der Ecke des Tisches ausgerichtet. Das Buch war verschoben. Natürlich bestand die Möglichkeit, daß eine Kollegin, von Denise Hunters leichter Lektüre fasziniert, einen Blick hineingeworfen hatte. Doch ich verwarf den Gedanken, als ich feststellte, daß die Bettdecke nicht so lag, wie ich sie drapiert hatte, und auch der beige Plastikstuhl stand etwas anders.

Ein rascher Blick in meine Kommode sagte mir, daß mein Zimmer gefilzt worden war. Wer immer es gewesen sein mochte, war mit Vorsicht zu Werke gegangen, trotzdem war es unmöglich, jedes kleine Detail so hinzukriegen, wie ich es arrangiert hatte. Nun wußte diese Person, daß ich Aspirin nahm und Kontaktlinsen trug, mir die Beine rasierte und Kräutershampoo benutzte. In der obersten Kommodenschublade verwahrte ich meinen billigen Schmuck, einen Stift mit Taschenlampe und eine Schachtel Papiertücher. Dann gab es ein paar fingierte Briefe von Freundinnen, eine Karte von meiner „Mutter", zwei Ansichtskarten, eine aus England, eine aus Kanada, offensichtlich von meinen ausländischen Freundinnen. Auch ein paar Fotos lagen da, auf den meisten war ich im Familienkreis oder auf einer Fete mit Freundinnen und Freunden. Kein Adreßbuch. Kein Tagebuch.

Die mittlere Schublade enthielt meine Unterwäsche, und mich schauderte bei dem Gedanken, daß jemand sie durchsucht hatte. Im untersten Fach hob ich meinen Reisepaß auf, dem man entnehmen konnte, daß Denise Hunter weit in der Welt herumgekommen war. Dann gab es da noch einen Führerschein auf ihren Namen sowie zwei Kreditkarten. Zwar hatte das Personal die Möglichkeit, Wertgegenstände in einen Safe zu legen, doch ich wollte, daß denen, die meine Sachen filzen mochten, das Material zur Bestätigung meiner Identität direkt in die Hände fiel.

Ich mußte in mich hineingrinsen, als ich daran dachte, daß ich mir überlegt hatte, ob das Wesen, das ich spielte, wohl ein paar Sexspielzeuge und entsprechende Literatur mit auf die Insel nähme. Schließlich packte ich nicht mal einen Vibrator ein, um den allgemeinen exotischen Vorstellungen zu genügen. Jetzt hatte man mich gefilzt, und es tat mir regelrecht leid, daß ich diese Denise nicht mit atemraubenden Utensilien ausgestattet hatte.

Ich setzte mich ans Fußende des Bettes und überdachte die Situation. Vielleicht hatte ich mit meinen Fragen über Lloyd Snead Aufmerksamkeit auf mich gelenkt, obwohl ich nicht glaubte, daß meine Neugier an dem Unfall über das Normale hinausgegangen war. In Wahrheit wäre es verdächtig gewesen, hätte ich nicht zumindest ein gewisses Interesse an der Tatsache gezeigt, daß ein Gast direkt vor dem Hauptstrand der Ferienanlage ertrunken war.

Viel beunruhigender war die Möglichkeit, daß etwas mit meiner Tarnung nicht stimmte, irgendeine Ungereimtheit in meinem Lebenslauf, die Argwohn geweckt hatte. Die Aylmers hatten ja allen Grund, ihr Personal genau unter die Lupe zu nehmen, und das hatte nichts mit normalem Geschäftsgebaren zu tun. ASIO war hinter eine ganze Reihe Alymer'scher Aktivitäten gekommen, die eine potentielle Bedrohung für die Sicherheit Australiens waren. So beschafften sie zum Beispiel internationalen Terroristen neue Papiere, die wasserdicht nachwiesen, daß sie legale Einwanderer waren und Staatsbürger ihres neuen Landes. In unserer multikulturellen Gesellschaft hätten sie keine Probleme, als echte Bürger akzeptiert zu werden, und mit australischen Pässen konnten sie unentdeckt in der ganzen Welt herumreisen.

Seit es so aussah, als seien die Alymers Experten in der Beschaffung von Legenden, waren einige Monate in Denise Hunters Tarnung investiert worden. Die mußte sehr viel detaillierter sein als gewöhnlich, so daß selbst eine genaue Überprüfung mich nicht als Spitzel entlarvte: Ich konnte keine Waffe mitführen oder Kommunikationsgeräte, ich konnte auch nicht über die üblichen Kanäle wie Post, Telefon, Satellitencomputer Kontakt nach draußen aufnehmen. Ich war auf mich allein gestellt, und die einzigen Nachrichten, die ich geben oder erhalten konnte, mußten von Mensch zu Mensch erfolgen, und das mit einem Grad an Vorsicht, der unter anderen Umständen absurd gewesen wäre.

Erst als ich mir im Sanitärgebäude die Zähne putzte, fiel mir eine andere Erklärung für das Filzen ein. Roanna Aylmer hatte gewisses Interesse an mir gezeigt, ein oberflächliches vielleicht, aber immerhin. Womöglich reichte das aus, mich unter die Lupe zu nehmen. Vielsagend blickte ich mein Spiegelbild über dem Waschbecken an. Wenn schon einige kurze Gespräche genügten, diese Reaktion hervorzurufen, erschien es mir mehr als schade, nicht irgendwas Aufregendes mit Roanna zu tun, das all die Aufmerksamkeit rechtfertigte, die man mir angedeihen ließ.

Auf dem Rückweg zu meinem Bett fiel mir etwas anderes ein. Was, wenn Roanna mein Zimmer durchsucht hatte? Oder es hatte durchsuchen lassen? Dieser Dünkel war lachhaft: Es gab keinen Grund zu der Annahme, daß Roanna sich in mich verknallt hätte. Viel wahrscheinlicher langweilte sie sich, und ich hatte sie einen Moment lang oder auch zwei unterhalten.

Sofern überhaupt verknallt, dann doch eher ich. Nun, *verknallt* war wirklich zu stark – vielleicht war *angezogen* das treffendere Wort. Wie auch immer, es war mein Job, so viele Informationen über die Aylmers wie möglich herauszukriegen, deshalb mußte ich einen Weg finden, Roanna darin zu bestärken, meine Nähe zu suchen. Das war meine absolut erste Bürgerpflicht.

5

Ich erwachte mit leichten Kopfschmerzen und trockenem Mund. Der billige Radiowecker, den ich auf die Insel mitgebracht hatte, stand auf zehn nach elf. Auf der schmalen Eisenpritsche – womit man wahrscheinlich die Paarung des Personals zu unterbinden beabsichtigte – auf dem Rücken liegend suchte ich die Decke nach verdächtigen Linsen ab. Fand aber nichts außer einem Spinngewebe in einer Ecke und einem hellbraunen Wasserfleck in den Umrissen Tasmaniens.

Eine Schweißperle lief mir das Gesicht herab. Es war, als läge ich in einem beigen Schuhkarton voll atemraubender Hitze. Ich weigerte mich, die Klimaanlage im Fenster zu benutzen, weil sie einen ohrenbetäubenden Lärm machte, und verließ mich lieber auf den ächzenden Deckenventilator. Leider drehten sich die Blätter so langsam, daß nur ein winziger Lufthauch meine Haut berührte. Ihn höher zu schalten, war nicht ratsam, das Ächzen wurde dann um so athritischer, und auf der schnellsten Stufe vibrierte und eierte er so stark, daß ich dachte, die Blätter würden sich selbständig machen und als Mordinstrumente durchs Zimmer sausen.

Ich nahm meine Sachen, streifte anstandshalber einen kurzen Morgenrock über und taperte zum Sanitärblock, um ausgiebig zu duschen und mir den Qualm aus dem Haar zu waschen. Heute abend war das Fest bei Aylmers, wo ich als Barkeeper Augen und Ohren offenhielte. Der übrige Tag stand mir frei zur Verfügung, und ich hatte die Absicht, ihn allein zu verbringen. Nach dem Höllenspektakel gestern nacht in der Bar wollte ich keinesfalls eine menschliche Stimme hören.

In Baumwollshorts und T-Shirt mit der Aufschrift *Egal was sie sagen, ich folge den Stimmen in meinem Kopf* und Bergstiefeln machte ich mich auf die strapaziöseste aller Klettertouren den Regenwald hinauf, die in der Karte für die Gäste verzeichnet waren. Bisher hatte ich schon einige leichtere Touren gemacht, doch diese war deshalb als schwierig ausgewiesen, weil sie bis zum höchsten Punkt der Insel hinauf und auf der anderen Seite wieder bergab ging.

Mit dem herrlichen Gefühl, die Regeln zu negieren, ignorierte ich mein Namensschild. Man hatte uns regelrecht eingebleut, daß wir für die Gäste jederzeit als Aylmer-Leute erkennbar sein müßten, auch wenn wir nicht im Dienst waren. Nun hatte ich ja nicht vor, irgendwen zu treffen, Gast oder Nicht-Gast, deshalb sah ich keinen Grund, mein Namensschild zu tragen. In meinem Rucksack hatte ich ein Fernglas, Wasserflasche, Obst und einen Müsliriegel, der mir die nötige Energie für ein aktives Leben zuzuführen versprach. Natürlich hielt ich es für unwahrscheinlich, daß es jemand auf mich abgesehen hatte, trotzdem wurde mir bewußt, daß meine einzige denkbare Waffe ein Kombinationsmesser mit kleiner und großer Klinge, Korkenzieher und einem weiteren netten kleinen Werkzeug war, das wohl dazu dienen sollte, meinem Gaul Steine aus den Hufeisen zu klauben, oder so.

Bald schon entkam ich der sengenden Sonne, als ich das Blätterdach des Regenwaldes erreichte. Nach dem gleißenden Licht der tropischen Sonne war es hier diffus, ein unheimliches Grün, durch viele Vegetationsschichten gefiltert. In der schweren Luft lag der durchdringende

Geruch feuchter Erde und vermodernder Pflanzen. Riesige Farne wucherten aus dem matschigen Boden. Dicke Kletterpflanzen hingen theatralisch von Ästen herab, als seien sie eigens dekoriert worden, und ich konnte das leise Murmeln eines Baches hören. Sofort fielen mir die Blutegel ein, und ich eilte den Weg hinan, weg aus dem Feuchtgebiet.

Der Aufstieg wurde steiler, ich bekam Seitenstiche, und Schweiß perlte mir in die Augen. Des öfteren hielt ich an, nicht um mich auszuruhen, wie ich mir versicherte, sondern um den Regenwald zu bewundern. Ich hatte viel über das Ökosystem gelesen und war sehr befriedigt, als ich die wilden Orchideen entdeckte, die bengalischen Palmen mit ihren eigentümlichen fingerähnlichen Luftwurzeln und vor allem die mächtigen Würgerfeigen, deren tödliche Umarmung für die Wirtsbäume das langsame Ersticken bedeutete.

Nach einer Stunde Klettern – es war schon längst kein Wandern mehr – keuchte ich, das Hemd klebte mir am Leib, und mein Rucksack wurde mit jedem Schritt schwerer. Um allein zu sein, hatte ich mir die ideale Route ausgesucht. Ich konnte mir nicht vorstellen, daß irgendwer sonst ausdauernd oder dumm genug war, sich in dieser brütenden Hitze hier hochzuschinden.

Die letzten Meter des Miniberges waren reiner Fels. Blinzelnd trat ich in die grelle Sonne. Der unvermittelte Ausblick von hier oben herab haute mich um. Ich war am höchsten Punkt der Insel, und daß ich das geschafft hatte, begeisterte mich. Etliche hundert Meter vor meinen Füßen blickte ich auf den blaßgrünen Golfplatz und die spielzeuggroße Hotelanlage mit dem Kongreßgebäude und Verwaltungskomplex hinunter. Dahinter zog sich der weiße Sandstrand entlang und dann die türkisen Schattierungen des sanft abfallenden Meeres. Nach Norden zu erstreckte sich eine Kette winziger unbewohnter Inseln von unvorstellbarer Schönheit, wie eine grüne Halskette schienen sie auf dem funkelnden Wasser zu treiben.

„Hallo“, sagte hinter mir eine Stimme.

Ich machte buchstäblich einen Satz. „Ha!“

„Entschuldigung. Habe ich Sie erschreckt? Denise, nicht wahr? Aus der Bar?“ Biddy Gallagher grinste mich an, die Hände in die Seiten gestemmt, sie wußte ganz genau, welch einen Heidenschreck sie mir eingejagt hatte.

Wütend, weil sie mich überrascht hatte und weil mir klar war, daß Biddy mich, wenn sie gewollt hätte, von dem Felsen hätte schubsen können, noch ehe mir das bewußt geworden wäre, blaffte ich sie an: „Und wo haben Sie mir aufgelauert?“

„Aufgelauert? Ich bin auf der anderen Seite hochgestiegen und einen Moment nach Ihnen hier oben angelangt.“ Die Hitze schien ihr gar nichts auszumachen: Ihr langes Gesicht war trocken, ihr Khakihemd kein bißchen verschwitzt, ihre Shorts tadellos. Sie grinste noch breiter, als ich von der Felskante zurücktrat. „Höhenangst?“

„Sie könnten ja auf die Idee kommen, mich runterzuschubsen“, sagte ich, so lässig ich konnte.

Biddy gackerte. „Was? Als Antwort auf die lahme Bedienung in der Cocktail Lounge?“

Noch immer irritiert streifte ich meinen Rucksack ab. „Obst? Etwas zu trinken?“

Wir setzten uns in den Schatten einer Felsmulde an der Baumgrenze. Biddy nahm sich eine Banane und pellte sie, so daß die Frucht aus der gelben Schale ragte. „Etwas Hochprozentiges haben Sie wohl nicht dabei?“

„Nur Wasser."

Biddys lange weiße Zähne bissen flugs die Bananenspitze ab. Sie kaute versonnen, dann wedelte sie mit dem Stumpf. „Es ist ja ein bißchen, als ob man einen Penis ißt, finden Sie nicht?"

Diese Frau würde mich nicht aus der Fassung bringen. „Keine Ahnung", sagte ich geziert. „Meine Mutti hat mich immer gewarnt, solche Sachen zu tun."

Biddys Kichern war mitreißend. „Nicht auf den Mund gefallen", sagte sie. „Das gefällt mir."

Ich öffnete die passende Klinge meines Kombimessers, schnitt der Passionsfrucht die Spitze ab und zuzzelte die süßen Kerne heraus. „Waren Sie vorher schon mal in dieser Anlage?" fragte ich, mehr zur Unterhaltung als aus Neugier.

„Nein. Und ich glaube auch nicht, daß ich wiederkomme."

„Gefällt es Ihnen hier nicht?"

Biddy zuckte die Achseln. „Es geht so. Für meinen Geschmack ein bißchen zu aufgebrezelt. Zuviel Luxus ist mir unbehaglich." Sie blickte mich fragend an. „Und was ist mit Ihnen? Wie eine Barfrau kommen Sie mir eigentlich nicht vor."

„Wirklich nicht?" Das hörte ich nun gar nicht gern, hatte ich mich doch bereits beglückwünscht, wie gut ich meine Rolle spielte.

Meine Reaktion amüsierte Biddy offensichtlich. „Verstehen Sie mich nicht falsch", sagte sie. „Sie machen Ihren Job ganz prima, solange Eddie Trebonus nicht etwas Exotisches bei Ihnen bestellt, woraufhin Sie hinter der Bar verschwinden. Vermutlich schlagen Sie das Rezept nach."

„Vielleicht."

„Ich habe den Eindruck, daß Sie sich durchmogeln, wenn Sie wissen, was ich meine."

Jetzt wurde es gefährlich. Wenn Biddy das dachte, dachten das womöglich auch andere. Ich erklärte ernst: „Das ist genau das Leben, das mir gefällt. Ich hasse es, angebunden zu sein, wissen Sie? Ich bin in der ganzen Welt herumgekommen, nie habe ich mich lange irgendwo niedergelassen."

„Hmhm." Ihr Ton war neutral.

„Wie steht's mit Ihnen?" fragte ich und prägte mir ein, Auskünfte über sie einzuholen.

„Ich bin pensioniert."

„Ich frage mal plump: Pensioniert wovon?"

Biddy musterte mich einen Moment, als wöge sie ihre Antwort ab. Schließlich erklärte sie: „Ich war Polizistin."

Eine Stunde später wußte ich über Biddy auch nicht viel mehr. Wir waren zusammen abgestiegen und hatten uns unterhalten, aber die ganze Zeit hatte sie versucht, etwas aus mir herauszuholen und ich aus ihr. Das Resultat war eine Sackgasse. Vielleicht war es die Polizistin in ihr, trotzdem konnte ich mich des Gefühls nicht erwehren, daß sie mehr Fragen stellte, als man erwarten würde. Es gab keinen Grund, dachte ich bescheiden, von meiner sprühenden Persönlichkeit mal abgesehen, daß Biddy mir soviel Aufmerksamkeit schenkte, aber sie zeigte lebhaftes Interesse an meinen Aktivitäten. Sie fragte mich auch über Kolleginnen und Kollegen aus, vor allem über Ivy Bestlove, die Krankenschwester.

Ich war verdutzt, als sie von mir wissen wollte, ob ich bereits auf der Insel war, als der Unfall beim Tontaubenschießen passierte. Das Opfer, Morrie Bellamy, hatte bei

Abscound Electronics gearbeitet, einer Firma, die hochsensible Verteidigungsaufträge ausführte. Man hatte es der Presse verheimlicht, aber Bellamy hatte kurz vor seinem Tod Anzeige erstattet, daß die Sicherheitsvorschriften in seiner Firma mißachtet würden. Noch ehe er dafür konkrete Beweise vorlegen konnte, war er zu dieser Tagung auf die Insel gekommen, wo dann das Unglück geschah. Inzwischen gab es verdeckte Ermittlungen bei Abscound, und einer meiner Aufträge lautete, herauszufinden, ob die Aylmers etwas mit Bellamys Tod zu tun hatten.

„Das Unglück passierte vor meiner Zeit", sagte ich. „Wieso fragen Sie? Kannten Sie den Typ?"

„Nein", antwortete sie ein bißchen zu schnell. Und als ich sie weiter fragend anstarrte, fügte sie hinzu: „Die Anlage ist so gut geführt, daß man sich kaum vorstellen kann, wie so etwas passieren konnte."

Als spräche ich eine offenkundige Wahrheit aus, sagte ich gestelzt: „Wo es ein geladenes Gewehr gibt, besteht auch immer die Möglichkeit eines Unfalls."

Sie blickte mich scharf an. „Haben Sie je ein Gewehr abgefeuert?"

Daß Denise Hunter das gefragt würde, war nicht vorgesehen. Ich war eine ausgezeichnete Schützin, die mit verschiedensten Waffen umzugehen verstand, doch diese Erfahrung hätte Denise Hunter sicher nicht. „Ich hasse Schießeisen", sagte ich und unterdrückte den Impuls, meine Worte mit realistischem Schauder zu untermalen.

Mein Schulungsleiter hatte mir eingebleut, daß es immer besser war zu untertreiben. „Das gilt ganz besonders für Sie, Denise", hatte er gesagt.

Biddy war hartnäckig. „Also haben Sie wirklich noch nie geschossen?"

Der Pfad war unten angekommen, wir traten beim Golfplatz aus dem Regenwald ins gleißende Sonnenlicht. Ich suchte nach meiner Sonnenbrille. „Ich hab' doch gesagt, daß ich Schießeisen hasse." Und mit meinem breitesten Grinsen fragte ich: „Wieso der dritte Grad? Glauben Sie etwa, ich hätte den Mann abgeknallt?"

Biddy fixierte mich scharf. „Aber nicht doch. Das war eine Frau namens Aileen Fountain."

„Ach ja?" meinte ich höflich interessiert. Biddy hatte ihre Hausaufgaben zweifellos gemacht. Aileen Fountain war tatsächlich der Name. Sie hatte für das Wochenende gebucht, war von Brisbane am Freitagabend herübergeflogen und hatte Morrie am nächsten Morgen erschossen. Zu der Zeit hatte es den Anschein, als sei es nur ein schreckliches Unglück gewesen, aber nachdem Aileen Fountain ihre Aussage gemacht und die Polizei Bellamys Tod als Unfall deklariert hatte, war sie spurlos von der Bildfläche verschwunden. Sie hatte sich als Neuseeländerin ausgegeben, doch spätere Nachforschungen ergaben, daß eine Person dieses Namens noch vor ihrem ersten Geburtstag gestorben war.

„Wie kommt's, daß Sie ihren Namen kennen?" fragte ich.

„Ich weiß nicht, er ist mir einfach ins Auge gefallen."

Also hier wäre *mir* bestimmt eine bessere Erklärung eingefallen. Ich dachte an meinen Schulungsleiter. „Je schlichter, desto besser", hatte er immer gefaucht. „Je komplizierter Sie's machen, desto leichter kann man Ihnen eine Falle stellen und desto erfundener klingt die Geschichte."

„Und jetzt ist wieder so ein schrecklicher Unfall passiert", sagte ich zu Biddy und schüttelte den Kopf, als wollte ich hinzufügen: „Wo soll das bloß noch enden?“ Ich fragte sie: „Sind Sie Mr. Snead im Hotel begegnet?“

„Ich kannte ihn vom Sehen. Hab’ mich ein paarmal mit seiner Frau unterhalten.“

Als geschwätziges Wesen plapperte ich munter: „Wie ich höre, ist die Witwe nicht gerade am Boden zerstört.“

Biddy bekam ein hartes Gesicht. „Das wüßten Sie, nicht wahr?“

„Das sagen halt alle“, erklärte ich defensiv.

Sie grunzte und hielt mich sichtlich für gefühllos. Ich sah ihr nach, als sie zum Hotel ging, und verspürte den lächerlichen Drang, ihr nachzulaufen und zu erklären: „Hören Sie, das war doch Denise Hunter, die das gesagt hat, nicht *ich*.“

Als ich zum Personalquartier zurückkam, machte gerade George Aylmer eine seiner überraschenden Inspektionen. An meinem allerersten Tag hatte er bereits eine vorgenommen, und da warnte man mich, daß ich künftig jederzeit damit rechnen müsse. „Ist alles zufriedenstellend? Sind alle glücklich?“ fragte er Pete und ein paar andere, gerade als ich durch die Vordertür kam.

Aylmer war groß, doch leicht gebeugt und hielt den Kopf ständig so, als erwarte er, durch eine niedrige Tür zu treten. Sein schütteres Haar zeigte graue Strähnen, er hatte eine Hakennase, einen festen Mund über einem vorstehenden Kinn, aber sein Verhalten deckte sich nicht wirklich mit seinem zackigen Aussehen, das Herrische und die Zögerlichkeit standen in eigenartigem Gegensatz.

Er drehte sich zu mir um, sein Blick schweifte über meine Brust, und er runzelte die Stirn. Im ersten Moment dachte ich, die Aufschrift auf meinem T-Shirt ärgere ihn, doch dann dämmerte mir, o Schreck, daß ich mein Hibiskusblütenschild mit dem Namen *Denise* nicht angesteckt hatte.

„Ihr Namensschild!“ sagte er.

„Hab’ ich in meinem Zimmer liegenlassen“, erklärte ich in der Hoffnung, er nähme an, daß der Regelverstoß gerade erst passiert sei.

„Sie kennen die Regeln.“

„Tut mir leid, Mr. Aylmer. Es soll nicht wieder vorkommen.“ Nur mit Mühe gelang mir ein ernstes Gesicht, denn Pete zog hinter Aylmers Rücken Grimassen.

Mein Arbeitgeber nickte, offensichtlich zufrieden, daß ich meinen Fehler sofort eingestanden hatte. „Zu jeder Zeit“, sagte er, „unsere sehr verehrten Gäste müssen wissen, daß sie von den liebenswürdigen Mitarbeitern von Aylmer umgeben sind.“

Ich konnte mir durchaus diverse Momente vorstellen, in denen die verehrten Gäste nicht gerade begeistert wären, wenn ihnen die liebenswürdigen Mitarbeiter im Nacken säßen, aber ich begnügte mich damit, die Augenbrauen in die falsche Richtung zu ziehen, um zu zeigen, daß ich meinen Verstoß bedauerte.

George Aylmer quatschte noch ein paar Minuten weiter, dann ging er in den Gemeinschaftsraum, um dort die Leute zu ärgern. Ich bedankte mich bei Pete, weil er versucht hatte, mich unpassenderweise zum Lachen zu bringen, und eilte in mein Zimmer.

Noch ehe ich mich zurückziehen konnte, vertrat Jen mir den Weg. „Den, du gehst heute abend hin, nicht wahr?“ Und als ich nicht gleich darauf antwortete, fügte sie streng hinzu: „Zu der Party im Großen Haus. Zu Aylmers.“

„Ich bin mit Pete an der Bar.“

Jen warf sich in die Brust. „Ich war auch schon oben und hab' ausgeholfen, aber Quint hat mich gebeten, es nicht mehr zu tun."

„Aha?"

„Quint sagt, er könnte es nicht ertragen, mich da zu sehen, wie ich die Leute bediene und so. Nicht, seit ich ihm so wichtig bin." Sie zog mich beiseite und blickte sich um, als wolle sie mir ein Staatsgeheimnis anvertrauen. „Die Sache ist nämlich die", sagte sie, „ich hätte gern, daß du die Augen offen hältst."

„Inwiefern?"

Jens weiße Haut bekam unvorteilhafte rote Flecken. „Es ist mir ein bißchen peinlich, aber ich weiß ja, daß ich mich auf dich verlassen kann, Den."

„Das kannst du", erwiderte ich.

„Vermutlich ist es ganz albern von mir, aber Quint hat da so eine Cindy erwähnt. Sie gehört zu den Gästen. Ich weiß, daß er wohl kein Interesse an ihr hat, doch habe ich das Gefühl, sie hat es auf ihn abgesehen."

„Hat er es auf sie abgesehen? Ich würde sagen, das ist der springende Punkt."

Jen runzelte sehr ernst die Stirn. „Er sagt nein – aber *Männer*. Du weißt ja, wie sie sind."

„Sie können halt nichts dafür", sagte ich hilfsbereit.

Sie nahm meinen Arm, eine Leidensschwester. „Genau. Deshalb möchte ich, daß du ein Auge drauf hältst."

„Auch beide, wenn du willst", sagte ich. „Ich erzähl's dir dann morgen."

„Kann das unter uns bleiben? Ich möchte nicht, daß irgendwer denkt, ich traue ihm nicht."

„Verschwiegen wie ein Grab", erklärte ich und versiegelte mit einer Handbewegung meinen Mund.

Es war, als hätten sich alle verschworen, mich nicht aus meinen verschwitzten Kleidern zu lassen. Seb hatte sich im Flur vor meinem Zimmer aufgebaut. „Hast du einen Moment Zeit, Den?“

Ich seufzte. „Was ist?“

„Wie ich höre, hat Roanna ein Auge auf dich geworfen.“

Du lieber Himmel, Augen überall. Ohne meinen Ärger zu verbergen sagte ich: „Ich habe zweimal mit ihr gesprochen, beide Male nur kurz.“

Er tätschelte meinen Arm. „Ich wollte dich ja bloß warnen“, sagte er. „Ihr Bruder Harry paßt nämlich ein bißchen auf sie auf.“

Der Spaß ging entschieden zu weit. „Was willst du damit sagen?“

„Ros Freundschaften haben nie sehr lange gedauert. Ich möchte nicht, daß man dir weh tut.“

„Ach, komm mir bloß nicht so. Was bist du, mein großer Bruder?“

Seb grinste, legte mir seinen massigen Arm um die Schulter und drückte mich fest. „Ich wäre gern mehr als das, aber du hast mir einen Korb gegeben, weißt du noch?“

„Also was ist jetzt mit Harry?“

„Er wird erfahren, daß du mit seiner Schwester gesprochen hast.“

„Das ist ja gruselig.“

Seb saugte die Lippe ein und nickte verständnisvoll. „Das stimmt. Ein bißchen. Was du wissen solltest, ist, daß ihr Interesse nie von langer Dauer ist, und dann bist du plötzlich deinen Job los und wirst gebeten zu gehen.“

„Ich würde gefeuert?“ Nach all dem Aufwand, der betrieben worden war, um mich hierherzubringen, hörte ich das gar nicht gern.

Er spreizte die Finger. „Ich sage ja nur, daß die Flirts von Ro Aylmer hier nicht mehr herumhängen, wenn die Party vorbei ist. Entweder gehen sie von sich aus, oder es wird halt nachgeholfen."

Ich verspürte vor Zorn einen Kloß in der Kehle. „Danke für die Warnung", erwiderte ich und hörte selbst die Kälte in meiner Stimme.

„Du gibst wohl nichts drauf, nicht wahr?"

„Hör zu", pfiff ich ihn an. „Ich habe mit der Frau kaum zwei Worte gewechselt, ich habe keine Ahnung, wie du auf die Idee kommst, daß etwas vorginge."

Sebs einfältiges Gesicht wirkte verletzt. „He, ich hab' doch bloß versucht, dir zu helfen."

„Besten Dank, aber auf solche Hilfe kann ich verzichten." Ich fühlte, wie meine Wangen brannten und ich mich vor Zorn kaum beherrschen konnte. Ich holte tief Luft, dann wurde mir klar, daß ich ziemlich überreagierte. Ich fragte mich, wieso, und da dämmerte mir plötzlich, daß Seb mich an meinen scheinheiligen älteren Bruder Martin erinnerte, der mich einen Großteil meiner Jugend schikaniert und mir vorgeschrieben hatte, was ich tun und mit wem ich befreundet sein durfte.

„Tut mir leid", sagte ich. „Ich weiß, daß du es nur gut gemeint hast."

Seb nickte und ging, noch immer verletzt. Ich brachte meinen Rucksack in mein Zimmer und suchte Pete. Ich fand ihn im Gemeinschaftsraum vor dem Fernseher, eine Dose Bier in der einen Hand, ein ordentliches Schinkensandwich in der anderen. „Du hast noch immer kein Namensschild an, du böses Mädchen", bemerkte er.

Ich warf mich in den Sessel neben ihm. „Seb hat mir gerade die Augen geöffnet, was die Freundschaft mit Roanna Aylmer betrifft“, erklärte ich. „Er sagt, Bruder Harry ist ein Problem.“

Pete trank einen großen Schluck Bier, „Seb ist von Harry total besessen. Er ist in ihn vernarrt.“

„Seb ist in Harry Aylmer vernarrt?“

Die Fassungslosigkeit in meiner Stimme amüsierte Pete in höchstem Maße. „Über Geschmack läßt sich nicht streiten, nicht wahr? Frag mich nicht, wieso, aber Seb stand schon immer auf grüblerische, unberechenbare Leute, Männlein oder Weiblein.“

„Und was hält Harry davon? Ist er schwul?“

„O ja, er ist schwul, doch ich glaube kaum, daß Seb eine Chance hat.“ Pete zog einen Flunsch. „Es liegt in der Familie. Mich würde nicht wundern, wenn sich herausstellt, daß Moreen die verkappteste aller Lesben ist.“

Die Matriarchin des Aylmer-Clans eine Lesbe? Er machte sich über mich lustig. „Du verarscht mich doch, oder?“

„Vielleicht“, erwiderte er mit aufreizendem Lächeln. „Aber du solltest wissen, daß sie hier die Hosen anhat. George Aylmer ist das nominale Oberhaupt des Unternehmens, doch seine Frau führt die Regie bei der ganzen Show. Alle tanzen nach ihrer Pfeife.“

„Himmel noch mal, Roanna ist doch erwachsen und ihre Brüder auch, mehr oder weniger.“

„Sicher. Aber Mama hat die Knete und das Sagen. Und sie sorgt dafür, daß sie es nicht vergessen. Das ist das eine Problem mit Ro. Sie bockt, doch sie kann nicht ausbrechen.“

Ich erinnerte mich, daß ich nicht hier war, um ein privates Interesse an Roanna zu haben, sondern ein berufliches an der ganzen Familie, also sagte ich: „Wer wird denn irgendwann mal das Unternehmen weiterführen?"

Pete lachte. „Harry glaubt, daß er es wird, doch dazu wird es nie kommen. Ich schätze, Moreen hält durch bis zum bitteren Ende, und wie mir scheint, macht sie es sicher noch ein paar Jahrzehnte." Er biß herzhaft in sein Sandwich.

„Du weißt eine Menge über sie."

Er kaute, schluckte und spülte mit einem Schluck Bier nach. „So ist das als Barkeeper", sagte er. „Die Leute erzählen dir alles." Er grinste verschlagen. „Aber das weißt du ja, schließlich bist du selbst Barkeeper."

„Ich hab' gelogen."

„Ach wirklich?" Er lächelte vielsagend.

„Ich nickte. „Ja", sagte ich, „ich bin nicht, was ich scheine."

Gespannt richtete er sich auf. „Und was willst du Onkel Pete jetzt anvertrauen?"

„Daß ich eine totale Hochstaplerin bin."

6

Pete und ich bogen um die Kurve und begaben uns zur Aylmer'schen Residenz hinauf, es duftete, und die Kokospalmen raschelten lässig. Wir trugen beide Dienstkleidung: weiße Shorts, Leinenslipper ohne Socken und das obligatorische Hibiskushemd, meins rotgrundig, Petes giftgelb. Und natürlich hatten wir unser Namensschild an die Brust gesteckt.

Am Tor musterte uns Bruce, der heute Wachdienst hatte. Mit einem seltenen Anflug von Humor erklärte er, wir sähen verdächtig aus, aber er ließe uns ausnahmsweise durch. Statt wie üblich zu feixen, lächelte er dünn, was mich so sehr erstaunte, daß ich mich umdrehte, als wir das Tor passiert hatten. Bruce hob eine Hand – wie ein verklemmtes Winken.

„Ich glaube, Bruce mag dich", sagte Pete.

„O mein Gott, bloß nicht!"

„Es ist der Reiz dessen, was nicht zu kriegen ist", erklärte Pete. „Das macht dich einfach unwiderstehlich."

Ich war nicht in gnädiger Stimmung. „Bruce ist ein Schläger und ein Säufer."

„Er hat Gefühle wie jedermann." Pete gluckste über meinen Ausdruck. „Soll ich ihm sagen, daß du unter falscher Flagge segelst?"

Ich tat entsetzt und starrte ihn an. „Vielleicht habe ich ja übertrieben, als ich gesagt habe, ich hätte Erfahrung als Barkeeper, aber das habe ich dir im Vertrauen erzählt."

Er prustete. „Wenn mich nicht alles täuscht, hast du gesagt, du wärst eine totale Hochstaplerin."

„Ich hab' übertrieben. Das ist doch kein Verbrechen."

„Wenn du in einem Punkt lügst", hielt Pete mir vor, „könntest du ja auch in einem anderen lügen."

Tja, wenn du wüßtest. „Ich lerne das Mixen doch schnell", erklärte ich, „meine Bewerbung stimmt von Tag zu Tag mehr."

Es war noch nicht richtig dunkel, aber die Fackeln brannten bereits und erhellten den Weg, sie schufen eine exotische, mysteriöse Atmosphäre, als seien wir in den Südpazifik der Segelschiffe versetzt. Meine Gedanken drifteten zu den Kannibalen, und mit meinem üblichen Hang fürs Irrelevante erinnerte ich mich, daß Eingeborene Menschenfleisch *Langschwein* genannt hatten, weil es so nach Schwein schmeckte.

Gerade wollte ich Pete diese faszinierende Tatsache mitteilen, als er sagte: „Du warst noch nicht im Großen Haus, stimmt's? Du wirst staunen."

Allerdings. Von wundervollen Gärten umgeben, umrahmten breite Veranden aus poliertem Holz das Haupthaus auf drei Seiten. Das Haus selbst war um einen Hof mit herrlichem Springbrunnen gebaut, dessen Wasser sich über glänzende Messingdelphine in einen Teich voller großer Zierfische ergoß, die wie monströse Goldfische aussahen. Eine leichte warme, duftende Brise ließ die Flammen der Fackeln im Hof flackern, dadurch bekamen die üppigen Farne mit den indirekten Lichtern darin ein merkwürdiges Eigenleben.

„Hier im Haupthaus leben George und Moreen", erklärte Pete. „Das Hauspersonal wohnt im Anbau, aber Roanna und ihre Brüder haben jeweils einen eigenen kleinen Bungalow. Roannas ist der abseits gelegenste – am nächsten zum Wasser.“

In meinem Kopf entstand das Bild eines inmitten tropischer Vegetation versteckten Häuschens. Es hätte eine Veranda, auf der man sitzen konnte, ein kaltes Getränk in der Hand, und zusah, wie es langsam dunkel wurde und die Sterne herauskamen. „Warst du mal da, Pete?“

Er lachte. „Das Glück hatte ich bisher noch nicht. Sie ist höchst wählerisch, wen sie mit nach Hause nimmt.“

Wir wurden an eine große nachdenklich aussehende Frau verwiesen, die sich als Sicherheitschefin des privaten Aylmer'schen Anwesens zu erkennen gab. Sie wollte unsere Namen wissen und hakte sie auf einer Liste ab, nachdem sie uns eingehend gemustert hatte. „Und unterlassen Sie bitte jeden Versuch, privates Gelände zu betreten, das nicht für das Fest freigegeben ist“, sagte sie. „Wenn Sie das tun, geht die Alarmanlage los.“

„Sie ist neu“, erklärte Pete, als wir weggingen. „Sonst hätte sie meinen Namen gewußt.“

„Na klar“, mokierte ich mich. „Du bist hier ja praktisch ein fester Begriff.“

Das Ausmaß der Sicherheitsvorkehrungen war interessant. „Wieso müssen sie das Große Haus derart abschotten?“ fragte ich.

„Viele Bilder da drin sind Originale. Jedenfalls sagt man das.“

„Du bist ein Freund der Familie und hast diese Bilder noch nicht gesehen?“

„Ich bin Ros Freund. Das ist nicht das gleiche.“

Ringsum waren die Vorbereitungen in vollem Gang. Natürlich tummelte sich hier das gesamte Hauspersonal, aber bei Festlichkeiten größeren Ausmaßes brauchte es einige Hilfe, und außer uns entdeckte ich etliche Kräfte aus der Hotelanlage.

Überall waren Teakholzstühle um Tische gruppiert, Inseln, wo die Gäste sich später zum Essen und Trinken niederlassen konnten. Lange Buffets präsentierten bereits Delikatessen, bei deren Anblick mir das Wasser im Mund zusammenlief – Berge von Garnelen, ganze Hummer, Austern in Perlmuttschalen, Salate in allen Variationen. Ich hatte nicht zu Abend gegessen, und so sah ich hungrig in diese Richtung. „Komm schon", sagte Pete, „essen kannst du später. Jetzt müssen wir erst mal alles vorbereiten."

Platten mit pikanten Vorspeisen wurden auf die Tische verteilt. Und so stibitzte ich als Ohnmachtshappen Spargelröllchen, Kanapees und Hähnchenfrikadellen.

Die Bar war fester Bestandteil des Hofes und nicht eigens aufgebaut. Sie war mit Spüle, fließendem Wasser und Körben mit sauberen Gläsern ausgestattet, unter der Theke befanden sich Kühlschrank und Spülmaschine für die Gläser. „Es wird schon nicht allzu wild", sagte Pete und reichte mir eine schneeweiße Schürze ohne Hibiskusblüten darauf, Gott sei Dank. „Die meisten werden Wein, Bier und das übliche Zeug wie Cola-Rum, Whisky-Soda, Wodka-Tonic trinken. Einige verlangen vielleicht eine Bloody Mary. Überhaupt nichts Kompliziertes."

„Das sag mal Eddie Trebonus", murmelte ich. Natürlich hatte ich mein schlaues Barbuch nicht dabei, wenn Eddie also auftauchte, und da war ich mir sicher, müßte er sich zur Abwechslung einmal für etwas Unkompliziertes entscheiden.

„Achtung", sagte Pete, „die Schwarzen Brüder sind im Anmarsch."

So nannte man Harry und Quint Aylmer. Sie hatten nicht nur dichtes schwarzes Haar, dunkle Augen und tief gebräunte Haut. Wie sie so breitschultrig, mit finster-arrogantem Blick auf uns zu gestiefelt kamen, verbreiteten sie auch eine bedrohliche Atmosphäre. Allerdings lag in Harrys Gesicht ein Funke Intelligenz, während Quint nur noch verdrossen und ziemlich dumm wirkte. Ich versuchte, ihn mit Jens Augen zu sehen. Sie war offensichtlich in ihn verknallt, nur konnte ich mir beim besten Willen nicht vorstellen, wieso. Und über was zum Teufel sie wohl redeten? Vielleicht redeten sie auch gar nicht. Vielleicht war es eine rein körperliche Beziehung. Ich unterdrückte ein angewidertes Gurgeln über das, was sich mir darbot, und machte mich ans Gläserpolieren, auch ein Barkeepertrick, den ich aus dem Kino kannte.

Harry lehnte sich über die Bar und inspizierte alles. „Sind Sie bereit?“ fragte er Pete.

Pete antwortete mit professionellem Lächeln. „Alles klar!“

Quint kam hinter die Theke und goß sich einen Scotch ein. Er sah mich ungnädig an. „Sie waren am Strand, als sie Snead aus dem Wasser zogen“, sagte er in einem Tonfall, als hätte ich absichtlich gegen die Du-sollst-nicht-am-Strand-sein-Regel verstoßen. Darauf fiel mir keine vernünftige Antwort ein, und so sagte ich nichts.

Quint wandte sich an seinen Bruder: „Man muß dem Personal sagen, daß es da, wo die Gäste sich aufhalten, absolut nichts zu suchen hat, es sei denn, sie sind im Dienst.“

„Da mußt du erst mal Dad fragen.“

„Wieso?“ grollte Quint. „Wir haben schließlich die Verantwortung für den Betrieb der Anlage, oder nicht?“

Harry zuckte die Achseln. „Wir können später darüber reden."

Quint funkelte seinem Bruder hinterher, der sich bereits abgewandt hatte, dann drehte er sich zu uns um und bellte: „Ihr sorgt dafür, daß alle zufrieden sind. Okay? Und zwar dalli. Ich will euch nicht hier rumtrödeln sehen."

Als er davonmarschierte, sagte Pete zu mir: „Laß dich bloß nicht von dem aufs Korn nehmen. Quint wurde immer an der kurzen Leine gehalten, und das mochte er gar nicht. Das Problem ist, daß unser Quint nicht gerade der Hellste ist, deshalb will ihm niemand größere Verantwortung geben, nicht mal seine Mutter, deren Liebling er ist."

Ich ordnete die Gläser in Reih und Glied. „Wie kommt es, daß du soviel über die Aylmers weißt? Und sag mir nicht, weil du hinter der Bar stehst."

„Ich und Seb, wir sind schon fast drei Jahre hier. Wenn du lange genug an einem Ort bist, findest du sowas heraus. Und außerdem ist da natürlich Roanna. Wir sind gute Freunde, und sie läßt des öfteren Bemerkungen über ihre Familie fallen."

„Gute Freunde?"

Pete gluckste. „Nur Freunde. Manchmal, wenn sie sich einsam fühlt, kommt sie auf ein Schwätzchen in die Bar oder trifft mich, wenn ich frei habe, und wir gehen segeln oder was immer."

„Und ich dachte, es gibt eine Regel über die Beziehung von Personal und Management."

„Mir hat niemand was gesagt."

Daß Roanna einsam sein könnte, daran hatte ich noch gar nicht gedacht. Sie wirkte so kühl und unabhängig, aber wenn sie eine Freundin wollte, war ich zur Stelle. Zum Teufel, ich hätte auch nichts dagegen, mehr als eine

Freundin zu sein. „Hat sie viel mit dem Geschäftlichen hier zu tun?“

„Roanna meinst du? Sie hat die Computeranlage installiert – mit Webseite und Online-Buchung und all diesem Zeug.“ Er zog eine Grimasse. „Ich verstehe ja nichts davon, aber schließlich wird auch niemals ein Computer in einer Bar bedienen, deshalb trifft mich das nicht.“

Die ersten Gäste trafen ein, und viele davon schickte ein untrüglicher Herdentrieb in Richtung Alkohol. Kurz darauf rannten wir uns fast gegenseitig über den Haufen in unserer hektischen Bemühung, den gewaltigen Durst der Gäste zu stillen. Die meisten verlangten Wein und Bier, wie Pete vorhergesagt hatte, nur gelegentlich einen gemixten Drink. Der Lärmpegel der Unterhaltung im Hof schwoll beträchtlich an, dazu das Klirren von Tellern und Silberzeug übertönten das Sprudeln des Springbrunnens und die stimmungsvolle Musik, die aus versteckten Lautsprechern perlte, von denen ich einen fast unter einer Kiste Sodawasser begraben hätte.

Das Fest war ein regelrechtes Meeting der Vereinten Nationen. Die meisten sprachen Englisch, manche mit schwerem Akzent, aber ich hörte auch viele andere Sprachen, von denen ich nur zwei verstand. Mein Japanisch war recht ordentlich, deshalb konnte ich dem Gespräch zweier japanischer Geschäftsleute mühelos folgen. Leider erwies sich die Unterhaltung als äußerst langweilig, es ging um Managementprobleme in ihrer jeweiligen Firma.

Das zweite Gespräch, auf Indonesisch, war sehr viel interessanter. In dem Gefühl der Sicherheit, daß niemand in der Nähe sie verstehen könnte, diskutierten ein Mann und eine Frau über Pläne, mittels einer Flotte von Fischkuttern illegale Einwanderer nach Australien einzuschleusen und ihre zahlenden Gäste an einer einsamen Stelle an der australischen Küste abzusetzen, wo sie von Fahrzeugen einer Reisegesellschaft, die im sanften Tourismus tätig war, aufgelesen wurden.

Ich konnte unmöglich sämtliche Details mitanhören, weil ich ja auch noch bedienen mußte und nicht den Anschein erwecken durfte, daß ich sie belauschte. Doch ich bekam genug mit, um diesen Menschenschleppern die Tour zu vermasseln.

Sie schlenderten auf die Seite, und ich tauchte hinter die Bar, als wolle ich saubere Gläser hochholen, resümierte alles und prägte mir ein, was ich gehört hatte.

„Gehst du vor Eddie in Deckung?" fragte Pete.

Ich erstarrte. „Du siehst ihn doch nicht etwa, oder?"

Pete grinste. „Noch nicht, aber du hast ihn garantiert bezirzt." Er kicherte fröhlich. „Erst Eddie und dann Bruce. Wie Motten um's Licht, alle beide."

Nachdem der erste Ansturm abgeflaut war, empfand ich unseren Standort hinter der Bar als idealen Beobachtungsposten, da wir beinahe unsichtbar waren. Mich hat schon immer erstaunt, wie oft die Leute so taten, als sei die Bedienung gar nicht vorhanden, obwohl höchst sensible Informationen ohne den vermeintlichen Schutz einer Fremdsprache erörtert wurden. Aus dem, was ich aufschnappte, reimte ich mir die Einzelheiten des letzten Skandals in der Fernsehbranche zusammen, ich schnappte Börsentips von Internetfirmen auf, erfuhr, daß ein bekannter Politiker auf Sadomaso stand und ein alternder Filmstar seiner gegenwärtigen Frau wegen eines Teenagers gerade den Laufpaß gegeben hatte, sowie zahlreiche Hinweise auf Dinge, die ohne Kontext keinen Sinn machten, aber amüsant und verwirrend waren.

Ich suchte Eddie Trebonus in der Menge, er schien nicht unter den Gästen zu sein. Ich sah George Aylmer mit Zigarre in der Hand die Runde machen und ein paar Worte mit jeder Gruppe von Leuten wechseln. Am Springbrunnen sah ich Quint Aylmer sitzen und sich unendlich langweilen, während ihm Cindy vom Strand wild gestikulierend eine Geschichte erzählte, wobei sie schrecklich lachen mußte.

Er machte mir nicht den Eindruck, als sei er einer von denen, die aus Höflichkeit sitzenbleiben, deshalb vermutete ich, daß er sie unterhalten mußte.

Lainie Lloyd war allein da, sie trug Schwarz und Perlen und rauchte eine lange braune Zigarette in einer noch längeren brillantenbesetzten Spitze, eine Gefahr für alle Augäpfel, die sich auf weniger als einen Meter näherten. Etwas unsicheren Schrittes kam sie zu uns herüber. „Weißwein", sagte sie. „Bitte."

Als ich ihr das Glas reichte, sah ich Schmerz und Elend in ihrem Gesicht. Seb hatte sich geirrt. Diese Frau ließ der Tod ihres Mannes keineswegs kalt. Und es war mehr als Kummer: Ich spürte ihre Angst und Verzweiflung.

Ohne nachzudenken verließ ich meine Rolle als Barfrau. „Kann ich irgend etwas für Sie tun?"

Meine Stimme muß mitfühlend geklungen haben, denn Lainie Lloyd blickte mich ganz überrascht an. „Vielen Dank, nein..." Sie straffte die Schultern. „Es geht schon."

„Lainie!" Harry Aylmer war neben ihr aufgetaucht. Er starrte mich an, dann nahm er ihren Ellbogen. „Komm, setz dich."

Sie schüttelte seine Hand ab. „Danke, aber ich bin lieber allein."

Er entfernte sich ein paar Schritte und beobachtete sie. Genau in diesem Moment fielen einige Leute über die Bar her. Während ich für die bestellten Getränke sorgte, merkte ich, daß Lainie mich anstarrte, vielleicht wunderte sie sich, daß eine Bedienstete in so persönlichem Ton mit ihr sprach. Einige Minuten später, als der Ansturm vorüber war, blickte ich mich nach ihr um, aber sie stand nicht mehr da.

Roanna nahm meine Aufmerksamkeit gefangen, ein großer schwarzer Mann neben ihr hatte den Kopf geneigt und hörte ihr zu, dann antwortete er mit tiefer samtiger Stimme. Ich überließ Pete die Bedienung und schob mich ans Ende der Bar in ihre Richtung. Sie waren zu weit entfernt, als daß ich hätte hören können, was sie sagten, doch seinem Ton nach war es etwas Wichtiges. Roanna schenkte ihm höfliche Aufmerksamkeit. Sie trug ein kleines Schwarzes, unbestreitbar teuer, und hochhackige Pumps. Ein schlichtes, schweres Goldband umschloß ihren Hals, und sie trug eine goldene Uhr. Keinen sonstigen Schmuck. Ich redete mir ein, daß eine so genaue Musterung zu meinem Job gehörte, tatsächlich aber fand ich, daß sie eine umwerfend attraktive Frau war und wie sehr ich es genoß, daß ich es in der Hand hatte, ihr näher zu kommen. Ich hatte mir Strategien zurechtgelegt und beschlossen, die Rätselhafte zu spielen, um ihr Interesse zu wecken – aber nicht allzu rätselhaft, schließlich sollte Roanna nicht auf die Idee kommen, ich hätte etwas Wesentliches zu verbergen.

Roanna schien die Intensität meines Blickes zu spüren, sie drehte sich um und sah mich an, ihre Augen waren verhangen. Dann verstellte mir ein Hüne mit mächtigem Unterkiefer und so kurz rasiertem Haar, daß es wie eine

Schattierung auf seinem Schädel wirkte, die Sicht. Er war mir letzte Nacht in der Bar aufgefallen, ein lauter, unangenehmer und am Ende ziemlich betrunkener Kerl. Er war nicht an die Theke gekommen, deshalb sagte ihm mein Gesicht nichts. Er hatte den ganzen Abend am Tisch gesessen und Kate, die dort bediente, sowie die in Reichweite sitzenden Frauen angepöbelt und sich mit seinen Kumpels wie die Neandertaler aufgeführt.

Sein Benehmen war heute um keinen Deut besser. „He, Sie, ein Bier", verlangte er und zeigte mit dem Finger auf mich, wobei er einen unaggressiven Typ beiseite drängte. Dann fügte er höchst ironisch hinzu: „Wenn's nicht allzuviel Mühe macht."

Ich bedachte ihn mit einem falschen Lächeln. „Aber nicht im geringsten, Sir."

Er blickte mich argwönisch an, dann sah er auf meine Brust. „Denise, he? Sie sind neu."

„So ist es." Meine Begeisterung ließ sich gar nicht dicker auftragen, ich machte mir einen Spaß draus. „Und es ist mir eine Ehre, hier auf der Insel Aylmer zu arbeiten." Mit Elan stellte ich ihm das Bier hin.

Ich hörte ein leises Lachen. „Ach", sagte Roanna, die an die Bar gekommen und offensichtlich meine Bemerkung gehört hatte, „hätten wir nur mehr solcher Leute wie Denise." Ihr Ton hätte trockener nicht sein können.

„Hallo, Ro", grüßte er sie. Seine Drohgebärde verwandelte sich schlagartig in ein anbiederndes Lächeln.

„Verdufte, Tony."

Sichtlich brüskiert zögerte er, dann nahm er sein Bier, prostete ihr damit zu und verdrückte sich wie geheißen.

„Wow", sagte ich. „Würden Sie mir beibringen, wie frau so was macht?"

„Dazu braucht es einen gestählten Charakter", erwiderte Roanna. „Würden Sie sagen, den haben Sie?"

„Ach Gott", sagte ich. „Ich fürchte nein. Ich bin ein totaler Schwächling. Schon immer gewesen."

Roannas Augenbraue zuckte gekonnt hoch. „Irgendwie bezweifle ich das."

„Roanna!" Ein Befehl. Vom Einführungsvideo her erkannte ich Moreen Aylmer wieder.

Roanna drehte sich zu ihrer Mutter um. „Ja?" fragte sie kühl.

„Du vernachlässigst unsere Gäste. Ich erwarte, daß du die Runde machst und dich um die Leute kümmerst, die abseits stehen. Bring sie miteinander ins Gespräch. Du weißt, was du zu tun hast."

Moreen Aylmers war ungeheuer, wie ich schon von etlichen Leuten gehört hatte. Sie trug ein schwarzes Modellabendkleid, Brillantohrringe und einen dicken Brilli an der linken Hand. Sie war von fester Statur, hatte weich fallendes schwarzes Haar, Habichtsaugen und ein Gebaren, das von gewohnter Macht zeugte. Sie war eindeutig gewöhnt, daß ihre Anordnungen unhinterfragt befolgt wurden.

Sie sah ihrer Tochter nach, dann musterte sie mich neugierig. „Denise Hunter, nicht wahr?"

Mit unterwürfigem Nicken murmelte ich zustimmend. *Denise* stand ja auf meinem Schild, aber daß sie meinen Nachnamen wußte, überraschte mich. Schließlich war ich nur eine von vielen Arbeitskräften in der Ferienanlage. Doch dann war ich überzeugt, daß es mit Roanna zu tun hatte, und ich hätte gewettet, daß das Filzen meines Zimmers nur der Anfang gewesen und meine Personalakte inzwischen haargenau durchforstet worden war.

Roannas Mutter starrte mich unverwandt an, so daß ich in der unterwürfigen Haltung verharrte. „Gefällt es Ihnen auf der Insel?" fragte sie.

„Ja natürlich."

Sie lächelte sarkastisch und sah auf einmal wie ihre Tochter aus. „Tatsächlich? Und was gefällt Ihnen hier besonders?"

Ich hatte meine Antwort parat: „Ich habe diesen Teil der Welt schon immer geliebt. Er ist so wundervoll."

Da! Keine Angriffsfläche, und ich hatte jede Bemerkung über die Anlage sauber vermieden. Sollte Roanna mein Weg in den Familienkreis und das ganze Ambiente sein, hütete ich mich natürlich, auf ihre respekteinflößende Mutter einen nachteiligen Eindruck zu machen.

Moreen Aylmer nickte mir kurz zu, ob zustimmend oder sich empfehlend, konnte ich nicht sagen, und schwebte davon zu ihren Gästen.

„Mutter Aylmer stört es nicht, wenn du Roanna schöne Augen machst", erklärte Pete lachend, „nur wenn du auf ihren Augapfel Quint aus bist, dann nimm dich in acht."

„Dann ist Jen wohl in Schwierigkeiten."

Er nickte. „Das ist sie, wenn Mama A dahinterkommt. Und das wird sie."

Ich warf eine Münze mit Pete, und er gewann, also überließ er mir die Bar, lud sich unauffällig einen Teller voll und ging zum Essen in die Küche.

Hinter der Bar fühlte ich mich stets wie der Käptn eines Schiffs. Die *SS Alk* vielleicht. Oder auch der *Supertanker*. Ich lachte in mich hinein. Plötzlich merkte ich, daß mich jemand angesprochen hatte.

„Wie bitte?"

„Ich habe um einen Scotch mit Eis gebeten." Das flackernde Licht der nächsten Fackel tanzte auf Oscar Fallons glattem, haarlosem Schädel. Jetzt fixierte er mich mit einem zweiten Blick. „Habe ich Sie nicht schon am Strand gesehen?"

Ich nickte. „Da haben Sie gerade Mr. Snead aus dem Wasser gezogen", ich bemühte mich um einen bewundernden Unterton, offenbar mit Erfolg, denn er zog die Arme nach hinten zur Heldenpose. Er trug einen cremefarbenen Sommeranzug und ein blaues offenes Hemd, was bedeutend vorteilhafter war als die enge lila Badehose, in der ich ihn zuletzt gesehen hatte.

„Das war doch nichts. Das hätte wohl jeder getan", sagte er.

„Was für einen Scotch möchten Sie? Johnny Walker? Wir haben Black Label."

„Auch Haig?"

„Aber sicher." Haig war Billy Gallaghers Drink. Ich blickte Oscar über die Schulter und fragte mich, wo sie wohl steckte. Wie gerufen tauchte sie auf der anderen Hofseite auf und kam zu uns. „Die Sache mit Mr. Snead ist furchtbar", sagte ich zu Oscar, während ich ihm das Glas hinschob. „Vermutlich hat die Polizei Sie vernommen und das alles."

Er trank einen Schluck und grunzte genüßlich. „Die Polizei?" fragte er. „Die muß wahrscheinlich ihren Job tun, aber die ganze Sache war ein totales Dilemma."

Ich murmelte mitfühlend, dachte aber, daß es doch wohl eher für Lloyd Snead ein Dilemma war, vor allem für seine Frau.

„Die Sache ist die", fuhr Oscar fort, „daß niemand genau weiß, woran der Typ gestorben ist, solange es keine

Autopsie gibt, deshalb war es totale Zeitverschwendung, mir all diese Fragen zu stellen."

„Ich dachte, Mr. Snead sei ertrunken." Ich riß die Augen auf. „Wollen Sie damit sagen, er ist es *nicht?*"

Wie zuvor am Strand zeigte Oscar seine Irritation darüber, daß man ihn ausfragte, antwortete aber doch: „Er ist ertrunken. Das ist klar, denn es war Wasser in seiner Lunge. Ein ganzer Schwall kam heraus, als wir ihn am Strand hatten."

„Herzinfarkt?" fragte Biddy und ließ sich neben ihm nieder. „Oder vielleicht ein Schlaganfall?"

Sein Ausdruck ließ keinen Zweifel daran, daß ihre Gegenwart ihn nicht freute. Tatsächlich wäre ich so weit gegangen zu sagen, daß er eine richtige Abneigung gegen sie empfand. „Keine Ahnung", antwortete er kalt und zugeknöpft.

Biddy grinste ihn an. „Mich überrascht, daß Sie noch hier sind, Oscar. Ich dachte, Sie wollten heute nachmittag abreisen."

„Es kam mir was dazwischen." Er griff nach seinem Glas auf der Theke. „Entschuldigen Sie mich."

Ausdruckslos blickte ihm Biddy nach. Dann sagte sie zu mir: „Halten Sie sich von Oscar Fallon fern. Fragen Sie mich nicht nach Einzelheiten – glauben Sie einfach, daß es besser ist, wenn Sie nichts mit ihm zu tun haben."

„Ich hatte auch nicht die Absicht."

Biddy runzelte die Stirn. „Das ist kein Scherz. Ich weiß, was ich sage, okay? Er ist gefährlich."

Ich nahm die Hände hoch. „Okay. Mit so einem will ich nichts zu tun haben."

Roanna kam mir in den Sinn. Nun, das war gefährlich, und das war *gefährlich*.

Als könne ich zaubern, kam sie mit Pete herangeschlendert, sie unterhielten sich fröhlich wie alte Freunde. „Kennen Sie Roanna Aylmer?“ fragte ich Biddy.

„Ich hatte noch nicht das Vergnügen.“

„Ich bin hier, um dich abzulösen“, erklärte Pete. „Roanna sagt, dich hinter der Bar anzuketten und dir das Essen zu verweigern, verstoße gegen das Gesetz.“

Ich machte Biddy mit Roanna bekannt und amüsierte mich im stillen, wie sie einander taxierten. Dann runzelte Roanna die Stirn. „Es ist mir wohl entfallen“, sagte sie. „Ich habe für heute abend die Gästeliste aufgestellt und erinnere mich überhaupt nicht an Ihren Namen.“

„Er ist nicht drauf“, sagte Biddy. „Ich habe jemanden beschwatzt, mich mitzunehmen.“ Sie machte eine ausladende Geste. „Ich habe gehört, das Große Haus sei so wundervoll, und wollte es selbst einmal sehen.“

„Tatsächlich?“

„Sie werfen mich raus?“

Roanna schürzte die Lippen. „Ich glaube nicht – es sei denn, Sie klauen das Familiensilber.“

„Vor mir ist es sicher. Ich bin eine gesetzestreue Seele. Abgrundtiefe Neugier ist meine einzige Sünde.“

„Die ist schon der Katze zum Verhängnis geworden“, sagte Pete, „aber ich schätze, Sie sind schwerer ins Jenseits zu befördern.“

Roanna ergriff meinen Arm. „Jetzt wollen wir Ihnen etwas zu essen besorgen.“

Bereitwillig ging ich mit. Wo ihre Finger mich berührt hatten, verspürte ich eine Gänsehaut, und das weckte meine Erwartungen in bezug auf die heutige Nacht. Vielleicht war sie auch nur nett zu einer hungrigen Angestellten. Aber ich war sicher, daß es mehr war als das. Petes

Warnung hatte mich mehr ermutigt als abgeschreckt. Keinesfalls würde ich mich in diese Frau verlieben, was auch immer geschehen mochte, es war Teil meines Auftrags. Ich war hier, um sie zu verführen, wenn nötig – hoffentlich wäre es das –, und herauszufinden, was ich konnte.

Der Gedanke, daß ich einen guten Eindruck machen sollte, führte dazu, daß ich mir den Teller nicht bis obenhin vollud, sondern nur eine Anstandsportion nahm, die sich ohne Umstände essen ließ. Ich wollte mich nicht in schlechtes Licht rücken, indem ich einem Hummer mit bloßen Händen zu Leibe rückte. Mit Serviette und Gabel bewaffnet folgte ich Roanna vom Hof in die Gärten.

Wir waren allein. Schmale Wege wanden sich zwischen Farnen, Palmen und tropischen Blumen. Der Vollmond schwamm in einem Himmel aus Samt, Zikaden zirpten, Palmwedel raschelten. Wir setzten uns auf eine Steinbank in einem Meer warmer Dunkelheit.

„Essen Sie", sagte Roanna. „Sie müssen halb verhungert sein."

Wow! War das romantisch – wenn du für sowas ein Faible hattest. Normalerweise riß mich so etwas nicht gerade vom Hocker, aber plötzlich fühlte ich mich an eine Szene in der Schmonzette auf Denise Hunters Nachttisch erinnert. Aus schierer Langeweile hatte ich mich hindurchgeackert, und es war mir beinahe peinlich gewesen, daß mir eine Liebesszene im Garten eines ländlichen Anwesens soweit gefallen hatte, daß sie, nachdem ich im Geiste das Geschlecht des Protagonisten geändert hatte, mein Blut ganz schön in Wallung brachte.

Mein Magen knurrte. Romanze hin oder her – der Inhalt meines Teller war unwiderstehlich. Ich tat mein

Bestes, gesittet zu knabbern, statt alles in einer Minute wegzuputzen. Nach zehn Sekunden gab ich meine vornehme Zurückhaltung auf und dachte, zum Teufel, und haute rein.

„Ich habe einen gesunden Appetit“, sagte ich und verschlang den letzten Bissen.

„Das sehe ich.“

Stille. Insekten machten nächtliche Geräusche, der Blütenduft war schwer, das Mondlicht fiel auf die Frau neben mir.

Von Pete wußte ich, daß Roanna nicht im Großen Haus lebte, sondern in einem Bungalow am Rand des Parks. Wenn ich meine Karten richtig ausspielte, lud sie mich vielleicht noch auf einen Absacker zu sich ein. Ich rief mir ins Gedächtnis, was ich sagen wollte, um eine Einladung subtil zu provozieren, doch es fiel mir nichts ein. Das sah mir nun gar nicht ähnlich, und ich mußte mir eingestehen, daß Roanna womöglich das Unmögliche geschafft hatte: Sie hatte mir die Sprache verschlagen.

„Ich gehe morgen segeln“, sagte sie. „Wollen Sie mitkommen?“

„Ich habe ab zehn Uhr die Morgenschicht.“

„Die hab’ ich bereits auf den Nachmittag verlegt.“

„Einfach so?“

„Einfach so.“

Das irritierte mich ziemlich. „Sind Sie so sicher, daß ich ja sage?“

„Sie haben noch nicht ja gesagt.“

Hoffentlich schien der Mond hell genug, so daß sie meine Grübchen sah: „Ich fühle mich geschmeichelt, aber warum ich?“

„Mir ist nicht danach, allein zu sein.“

Ich antwortete nicht, eine Taktik, die sich schon einmal bewährt hatte. Sarkastisch sagte Roanna: „Warten Sie etwa auf meine Versicherung, daß Sie die Überstunden bezahlt kriegen?“

„Ach, zum Teufel“, antwortete ich. „Ich tu’s umsonst.“

„Das ist eine angenehme Überraschung. Sie sahen mir sehr teuer aus.“

7

Sonntagmorgen, als ich gähnend aus der Dusche kam, lauerte Jen mir auf. „Den! Hast du sie gesehen?“

„Verfolgst du mich etwa?“

Sie starrte mich verblüfft an. „Die Hälfte der Zeit weiß ich nicht, wovon du redest.“

Ich band mir das Handtuch wie einen Turban um das tropfnasse Haar und steckte die Enden fest. Klar war, daß Jen mich so lange nerven würde, bis ich ihr erzählt hatte, was ich wußte. „Du brauchst dir gar keine Sorgen zu machen. Sie heißt Cynthia Urquhart. Sie ist Ende dreißig und viel größer als er.“

Erleichterung überzog Jens Gesicht. „Sie ist also älter. Und zu groß. Gut.“

„Überhaupt nicht sein Typ, es sei denn, sie hat einen Haufen Geld.“ Meine Ironie war an Jen verschwendet, sie beugte sich vor und musterte ihr Gesicht im Spiegel. „Ich habe vor, mir farbige Kontaktlinsen zu besorgen“, sagte sie. „Was hältst du davon?“

„Wenn ich du wäre, würde ich lila nehmen.“

Ich war nicht schnell genug ausgewichen. Jens Ellbogen stieß mir voll in die Rippen. „Ach, *du!*“ sagte sie.

Es fiel mir schwer, mir Jen und Quint Aylmer zusammen vorzustellen, ob als Liebespaar oder sonstwie, obwohl gemunkelt wurde, sie sei im Bett sensationell. Das könnte durchaus stimmen, soweit ich wußte, und sicher erklärte das Quint Aylmers Interesse.

Ein bißchen Herzausschütten von Frau zu Frau würde nicht schaden, beschloß ich. Also atmete ich tief durch und fragte: „Worüber redest du eigentlich mit Quint?“

Sie sah sich um, ob auch niemand in der Nähe war, und sagte: „Ach, du weißt schon.“

„Hm, ehrlich gesagt, nein. Redet ihr über das Hotel? Das Wetter? Football? Eure gemeinsame Zukunft?“ Bei letzterem regten sich meine Gewissensbisse, denn ich war sicher, die Wahrscheinlichkeit, daß Jen eine dauerhafte Beziehung mit Quint Aylmer hinkriegte, war so groß wie die Chance eines Schneeballs in der Hölle.

Sie widmete sich wieder ihrem Spiegelbild. „Er redet über familiäre Dinge“, sagte sie. „Was halt so los ist, und wie sehr er sich wünscht, selbst die Geschäfte zu führen, aber sein Vater und seine Mutter wollen ihm diese Chance nicht geben.“

„Und was ist mit Harry?“

„Harry?“ Jetzt klang sie richtig wütend. „Ständig legt er Quint Steine in den Weg, bei jeder Gelegenheit. Er sagt, Roanna sei die Gescheitere.“

Jedenfalls gescheit genug für einen Hochschulabschluß, dachte ich. „Also kommen Quint und Harry nicht miteinander aus?“

Jen leckte sich eine Fingerspitze und glättete ihre Augenbraue. „Quasi. Aber ihre Mutter läßt es nicht zu. Siehst du, das ist das Problem. Die ganze Familie kuscht vor ihr. Was sie sagt, gilt. Quint fürchtet, sie wird mich nicht akzeptieren, deshalb halten wir es regelrecht geheim.“

Da ich gewettet hätte, daß sämtliche Kolleginnen und Kollegen über Jens Affäre mit dem jüngsten Sohn im Bilde waren, hatte ich ernsthafte Zweifel, daß sie längere Zeit vor der Mutter zu verheimlichen blieb.

Jetzt drehte sich Jen zu mir und sagte: „Wohin gehst du heute morgen? Ich bekam die Anweisung, deine Morgenschicht zu übernehmen."

„Das tut mir leid. Aber damit habe ich nichts zu tun."

„Macht ja nichts." Sie fixierte mich scharf. „Also, was machst du?"

Die Information war keine Geheimsache. Außerdem erhielt ich vielleicht eine interessante Reaktion. „Ich gehe mit Roanna segeln", sagte ich.

„Ach ja?" Jen sah mich nachdenklich an. „Du weißt natürlich, daß sie lesbisch ist. Man sollte meinen, daß es den Aylmers etwas ausmacht, nicht wahr? Aber das tut es nicht. Sie hat dauernd Affären." Sie zwinkerte mir verschwörerisch zu. „Viel Glück!"

Das kleine Boot flog über das pastellfarbene Wasser wie ein Drachenflieger und schien die Oberfläche kaum zu berühren. „He", rief ich, „müßten wir nicht Rettungswesten tragen?"

„Ich dachte, Sie gehören zu denen, die gern gefährlich leben."

„Ja, aber das Leben interessiert mich am meisten."

Sie kreuzte, und der Baum hätte mich fast geköpft, als ich mich duckte. „Mich auch", rief sie.

„Was?" Ich hatte den Faden verloren.

„Das Leben voll auskosten."

Es schien, als warte sie auf eine Erwiderung, aber ich biß nicht an. Schweigend steuerten wir eine der winzigen Inseln an. Sie bestand aus einem grünen Dickicht, einem schmalen Sandstrand und ein paar Palmen.

„Hat man die künstlich angelegt?" fragte ich. „Ich meine, sie sieht aus wie gemalt."

„Alles Natur", sagte Roanna, „doch da es kein Süßwasser gibt, ist die Insel hübsch, aber nutzlos."

„Ach! Genau das sagt meine Mutter immer über mich."

Roanna blickte mich überrascht und amüsiert an. „Sie gefallen mir wirklich, Denise", sagte sie. „Sie sind einfach nicht so wie alle anderen."

„Sie auch nicht, schätze ich."

Diese flapsige Bemerkung ernüchterte sie aus unerfindlichem Grund. Unser neckisches Geplänkel stoppte. Dann war sie voll mit dem Segeln beschäftigt, denn das Boot kreuzte vor einer steifen Brise von Westen.

Ich beobachtete sie: Sie war verdammt sexy, und dieses Grüblerische an ihr war vielleicht auf irgendeine frühere Verletztheit zurückzuführen, aber das machte sie im Moment um so attraktiver. Gestern nacht im Park hatte sie mich nicht geküßt, nur kühl gute Nacht gesagt. Diese Unterlassung hatte mich maßlos geärgert, dennoch kam ich zu dem Schluß, daß sie den ersten Schritt tun müßte. In einer solchen Situation war das ohnehin besser, und außerdem war für eine wie Roanna das Aufregende womöglich die Eroberung, und sie wäre meiner überdrüssig, sobald sie mich hatte.

Ich lehnte mich in dem kleinen Cockpit zurück und genoß den Tag. Das Wasser spritzte unter dem Kiel, die Segel knatterten, das Meer glitzerte. Wie gerufen, tauchten zwei Delphine neben uns an die Oberfläche. Über uns schwebten Seevögel im Aufwind.

Ich blickte auf die Uhr. „Ich muß zurück."

Mein Kontaktmann, Malcolm Endicott, wäre inzwischen auf der Insel eingetroffen. Er würde in die Bar gehen, sehen, daß ich nicht Dienst tat, und sich die Zeit mit einem Spaziergang am Meer vertreiben oder eine dieser kleinen Boutiquen aufsuchen, wo sie zahlungskräftigen Kunden Dinge zu Höchstpreisen andrehten, oder sich in das schicke Café mit dem irritierenden Namen Jitterbug Café setzen, wo Koffein ebenfalls entsprechend kostete. Zu Beginn der nächsten Schicht würde er wieder in die Bar gehen, und ich hatte die Absicht, dort zu sein und ihn zu treffen.

„Ich muß zurück", wiederholte ich.

„Nein, das müssen Sie nicht."

„Meine Schicht fängt bald an. Bitte", sagte ich mit Nachdruck.

Sie zog einen Schmollmund, und ich stellte mir vor, ihre Lippen zu küssen, bis sie lächelten. Wortlos wendete sie, dann kreuzte sie zur leuchtend grünen Aylmer-Insel zurück.

Gekonnt segelte sie zur Mole, holte genau zum richtigen Zeitpunkt das Segel ein, so daß wir soviel Fahrt verloren, daß ich die Boje mit dem Bootshaken zu fassen bekam. Sie winkte dem Typ am Pier gebieterisch, unverzüglich schwang er sich in seinen Kahn und kam herbei. Roanna sah mich stirnrunzelnd an. „Ich war noch nicht bereit, zurückzukehren."

„Sie können doch ohne mich wieder rausfahren."

„Nein."

„Erwarten Sie eigentlich immer, daß alles nach Ihnen geht?" fragte ich.

„Im allgemeinen. Allerdings nicht bei Ihnen." Ihre kühle Miene verzog sich zu einem warmen Lächeln. „Jedenfalls diesmal nicht."

Malcolm befand sich in einer Gruppe von Tagesausflüglern, die in die Bar eingefallen waren und herumtönten. Es war tröstlich, ein bekanntes Gesicht zu sehen. Seine Nase pellte sich von einem Sonnenbrand, und er trug ein buntes Hawaiihemd, Shorts und Sandalen. Das stand in solchem Gegensatz zu dem schicken Anzug, in dem ich ihn sonst immer sah, daß ich mir ein Grinsen verkneifen mußte.

„'n Bier, Schätzchen", sagte Malcolm und drängte einen anderen Tagesausflügler mit dem Ellbogen beiseite, damit er sich an die Bar setzen konnte.

„Ist Foster okay?" fragte ich. Das war ein simpler Code. Wenn ich Foster-Bier sagte, hatte ich eine Nachricht für ihn.

Ich stellte ihm das Bier hin und bediente die anderen Gäste. Als ich mich Malcolm wieder zuwandte, wischte er sich gerade mit dem sonnenverbrannten Handrücken den Mund ab. „Ich nehme noch mal das gleiche."

Ich schenkte ihm ein zweites Bier ein, und er sagte: „Ist Ihnen auch so warm?" Das bedeutete, er hatte eine schriftliche Nachricht für mich.

In der Schulung hatten wir diese Situation an die hundert Male geübt. Malcolm fischte seine Brieftasche aus der Gesäßtasche, zusammen mit einem verknitterten weißen Fahrplan der Fähre zum Festland. Er zog einen Zwanziger für das Bier aus seiner Geldbörse und schob ihn mir hin. „Schätzchen, können Sie mal nachsehen, wann die nächste Fähre geht?"

„Sicher, aber ich gebe Ihnen erst mal heraus."

Als Malcolm und ich das geübt hatten, konnte ich per Video den ganzen Vorgang so lange trainieren, bis die Herausgabe des Wechselgeldes völlig normal wirkte. Ich nahm das Wechselgeld, beugte mich über den Fahrplan, hob ihn an die Augen, legte ihn wieder hin, dann griff ich das Stück Papier und trat an die Theke. „Hier“, sagte ich und zeigte auf den Plan, den ich ausgetauscht hatte, „sehen Sie, die nächste Fähre geht in zwanzig Minuten.“

Der Bericht, den ich Malcolm übergeben hatte, enthielt die Details, die ich über das illegale Einschleusen von Flüchtlingen mittels Fischkutter belauscht hatte, und die Mitteilung, daß ich mit Roanna in Kontakt gekommen war. Ich bat um Informationen über Snead und forderte Recherchen über Biddy, Oscar und Lainie Snead. Zu guter Letzt hatte ich auch noch Cynthia Urquhart hinzugefügt. Malcolm blieb noch ein paar Minuten in der Bar und gab seinen Senf zu der Unterhaltung einiger Typen über Football. Er blickte mich nicht mehr an, und als er aus der Tür ging, fühlte ich mich merkwürdig verlassen.

Freundlich lächelnd servierte ich einer schier endlosen Reihe von Touristen Getränke. Statt über die reibungslose Kontaktaufnahme zufrieden zu sein, fühlte ich mich rastlos und ungeduldig. Der Kassiber von ASIO glühte förmlich in meiner Shortstasche. Ich hätte erst sehr viel später Gelegenheit, ihn zu lesen, und obendrein war ich ziemlich sicher, daß er mich an meinen Auftrag erinnerte, etwas über die in Kürze stattfindende internationale Konferenz in Erfahrung zu bringen.

Die Konferenz sollte bereits in zwei Tagen beginnen, und ich war weder in bezug auf das Programm noch die Teilnehmer ein Stück weitergekommen. Ich wußte lediglich, daß die meisten Gäste aus Asien kamen und das Thema der Konferenz die Entwicklung internationaler Handelsbeziehungen im Internet war, das war alles. Ich hatte mir Vera warmgehalten, weil sie Tagungsorganisatorin war, doch hatte ich mir bisher bloß ihre Probleme anhören müssen und eine Lebensgeschichte, die noch langweiliger war – sofern überhaupt möglich – als ihre ewigen Klagen über Mitarbeiterinnen und Mitarbeiter im Konferenzzentrum. Unseligerweise hatte Vera ein Elefantengedächtnis und konnte auf Anhieb sämtliche Leiden und Ärgernisse hervorzerren, selbst wenn sie schon Jahre zurücklagen.

Ich wappnete mich für meinen Auftrag und rief sie nach der Schicht über das internationale Telefon an. Ich schlug vor, uns im schrecklich teuren Café inmitten der schicken Boutiquen zu treffen, und dachte, daß ich mir zumindest einen ordentlichen Schuß Koffein gönnen könnte, wenn ich mich schon mit Vera abgeben mußte.

„Im Café?“ fragte sie in ihrem jammernden Ton. „Ich glaube nicht. Ich habe soviel Arbeit zu tun, das ist einfach nicht gerecht.“

„Dann komm’ ich zu dir rüber.“

Zwar hatte ich den Lageplan der Anlage genau studiert, war aber bisher noch nicht ins Kongreßzentrum vorgedrungen. Es war eine achteckige Konstruktion ganz aus Holz und Glas; um den Mittelpunkt, der der Geselligkeit und Gastronomie diente, waren die verschiedenen Konferenzräume gebaut. In einem Teil des Achtecks waren die Büros untergebracht, und ich mußte mich eintragen, ehe ich hineingehen durfte.

„Zu wem möchten Sie?“ fragte der Pförtner mit Blick auf meinen Eintrag und auf mein Namensschild. „Denise“, fügte er hinzu. Seinem Namensschild nach hieß er Doug. Ich hatte ihn noch nie gesehen, deshalb vermutete ich, daß er zu den Sicherheitskräften des Großen Hauses gehörte.

„Doug, ich möchte zu Vera Otterlage“, sagte ich.

„Und was haben Sie dort zu tun?“

„Ich bin eine Freundin."

Er sah mich ein wenig erstaunt an, woraus ich schloß, daß er Vera gut genug kannte, um sich zu wundern, wie jemand freiwillig mit ihr befreundet sein konnte. „Da entlang", er zeigte in die Richtung. „Das dritte Büro links."

Ich fand Vera in einem Kämmerchen, irritiert starrte sie auf den Monitor. „Ich weiß nicht, warum die sich nicht normal schreiben können", sagte sie. „Ich meine, die Hälfte der Namen kann ich ja nicht mal aussprechen."

Ihr über die Schulter blickend, betrachtete ich die aufgelisteten Reihen. „Ist das für die Konferenz übermorgen?"

Sie nickte geistesabwesend. „Ich muß die Namensschilder für die Teilnehmer machen", sagte sie, „und da darf mir kein Fehler unterlaufen, weißt du, daß ich was Falsches schreibe. Bei so was verstehen die Leute einfach keinen Spaß." Aus ihrem Ton ging hervor, daß sie die geforderte Akkuratesse unzumutbar fand.

Ich zog mir den freien Stuhl heran und fragte: „Kann ich dir helfen?"

In Veras blauen Glubschaugen stand verwunderte Dankbarkeit. Ich mußte ihr glauben, daß ihr kaum jemand, wenn überhaupt, Hilfe angeboten hatte. Sie war derart nervend, daß ich bezweifelte, es unter normalen Umständen getan zu haben. „Denise, in echt, das wär nett von dir."

Zumindest nannte sie mich nicht Den. Ich setzte mich mit dem Ausdruck neben sie und begann, die Liste mit ihr durchzugehen, indem wir sie mit den Anmeldeformularen verglichen. Ich paßte auf, ob ich einen Teilnehmer kannte. Es war klar, daß der überwiegende Teil aus Asien kam, trotzdem fiel mir ein Name ins Auge: Farid Sabir. Er war ein ungeheuer einflußreicher indonesischer Unternehmer mit internationalen Geschäftsinteressen. Erst unlängst hatte es Gerüchte gegeben, er strebe eine politische Karriere an, und das hatte in den Hinterzimmern etlicher asiatischer Länder für ziemlichen Wirbel gesorgt. Mich wurmte gewaltig, daß ich das nicht schon eher gewußt hatte, so daß ich es Malcolm hätte mitteilen können. Mit Sicherheit waren die Behörden alarmiert, daß Sabir demnächst einreisen würde, aber ich hatte ein ungutes Gefühl bei der Vorstellung, daß er auf die Aylmer-Insel käme. Erst Anfang des Jahres hatte er in London ein Attentat überlebt, Großbritannien hatte wegen des Anschlags viel Schelte bezogen, insofern würde die australische Regierung keinesfalls einen Zwischenfall erleben wollen.

Mein anderer Kontakt war eine Agentin namens Alice Beher, doch die käme erst Mittwoch, also in drei Tagen, bis dahin würde ich warten müssen, es sei denn, es war so dringend, daß ich einen Anruf riskierte.

„Was für einen interessanten Job du hast", sagte ich zu Vera, nachdem ich einen weiteren Schreibfehler korrigiert hatte.

Sie sah mich erstaunt an. „Findest du?"

„Ja, du begegnest all diesen wichtigen Leuten."

„Normalerweise *begegne* ich ihnen gar nicht. Ich meine, ich tue praktisch alles für sie, ohne je einen Dank zu kriegen."

Ihre bitteren Ressentiments waren fast sichtbar. Ich stellte sie mir erbsengrün vor, vielleicht mit roten Streifen.

Vera redete sich in Rage. „Ich sorge für ihre Unterkunft, für spezielle Diäten, für die entsprechende Ausstattung während der Konferenzen. Und wenn irgend etwas schief läuft... Nun! Rate, wen sie verantwortlich machen!"

Sie knickte eine Ecke der Mappe ein, und ich sah, daß der Fingernagel bis unten abgekaut war. „Und dann noch all diese Extras, zum Beispiel der Ausflug zum Reef, um die Korallenriffe zu sehen und dort herumzuschnorcheln und so was. Ich muß dafür sorgen, daß Tim die Tauchausrüstung auf den Katamaran bringt, und dann die Erfrischungen und die Drinks..." Offensichtlich verschlug ihr die Verantwortung die Stimme.

Die Katamaranfähre gehörte zur Aylmer'schen Ferienanlage. George Aylmer hatte sie *Moreen* getauft, zu Ehren seiner Frau, und ich war vom Festland damit hergekommen. Mein erster Eindruck vom Katamaran war der eines hochentwickelten Spielzeugs statt eines hochseetüchtigen Schiffes gewesen. Schneeweiß mit blauen Zierstreifen hatte es sachte am Pier geschaukelt, die mächtigen Schwimmer wirkten merkwürdig überdimensional. Dieser Eindruck von Plumpheit verschwand, als das Schiff genug Fahrt aufnahm, um sich aus dem Wasser zu heben. Dann bekam es ein unglaubliches Tempo und flog auf den weißen Schaumkronen über die Wellen. Seb hatte mir erzählt, daß so ein Schiff, nur ein bißchen größer, den Transatlantikrekord hielt, und das glaubte ich ihm sofort.

Wir brauchten fast eine Stunde, um die Liste zu korrigieren, die Namen auszudrucken und jeden einzelnen in ein glänzendes Metallschild zu schieben, Vera hatte es nicht so mit feinfühliger Fließbandarbeit, deshalb tat ich die meiste.

„Sie kriegen ja gar keine Hibiskusschilder", bemerkte ich, auf mein monströses Schild auf der linken Brust tippend. Ich hatte Hibiskus immer sehr gemocht, doch Aylmer dämpfte meine Freude an der Blüte.

„Ich weiß", sagte Vera. „Eine Schande, nicht wahr?"

Diesmal rollte ich nicht die Augen, aber das Zusammensein mit Vera war ein gutes Training für die Augenmuskulatur. Entschlossen, daß mein Leiden unter Vera nicht umsonst gewesen sein sollte, fragte ich sie nach Eddie Trebonus aus, vorwiegend weil er Gast des Großen Hauses war, aber auch weil Roanna eine so offensichtliche Abneigung gegen ihn hatte, und das war für mich Grund genug, interessiert zu sein.

„Kennst du Eddie Trebonus?"

„Eddie? O ja."

„Ich hab' ihn oft in der Bar gesehen, und er ist immer ganz scharf auf völlig verrückte Cocktails."

„Eddie ist selber ein bißchen verrückt", sagte Vera mit Nachdruck. „Zum Beispiel kommt er dauernd hierher und steht mir im Weg und macht Witze, die ich nicht kapiere. Aber ich kann ihm nicht sagen, er soll verschwinden, weißt du, weil er für Moreen Aylmer arbeitet."

„Was tut er?"

„Tja, ich weiß nicht. Sie schickt ihn in der Gegend herum, denn ich muß oft die Reise buchen, und das ist nicht fair, weil es in echt nicht zu meinen Aufgaben gehört, weißt du."

Ich mußte sie wieder in die Spur kriegen, bevor sie sich im Unrecht der ganzen Welt suhlte. Ich atmete tief. „Offensichtlich bittet man dich um die Buchungen, weil du so kompetent bist."

Vera blinzelte. „Ich glaube..."

„Und wohin fährt Eddie so?"

„Überall hin. Vermutlich hat es etwas mit dem Zusammentrommeln von Teilnehmern für die Konferenzen zu tun, weil er jedesmal, wenn er zurückkommt, Harry und seiner Mutter Bericht erstattet. Im allgemeinen fliegt er nach Übersee, aber diesmal hab' ich seinen Flug nach Darwin gebucht."

Nach ein paar weiteren Fragen war mir klar, daß Vera nicht mehr über Eddie wußte, und so setzte ich seinen Namen auf die Liste der zu recherchierenden Personen, die ich Alice am Mittwoch übergeben wollte.

„Du kennst Jen?" fragte Vera.

Am liebsten hätte ich geantwortet: „Nie gehört", aber statt dessen lächelte ich Vera freundlich an.

„Nun..." Vera starrte mich an und erwartete meine Frage.

„Was ist mit Jen?" fragte ich also folgsam.

„Sie wird ganz außer sich sein", sagte Vera befriedigt. „Quint Aylmer ist nämlich praktisch mit einer anderen verheiratet." Und noch ehe ich fragen konnte, mit wem, fuhr sie fort: „Sie ist ein Gast."

„Cindy Urquhart?"

„Du wußtest das?" Vera war baff.

„Ich hab' so meine Quellen."

Achtung lag in Veras Blick, als sie fragte: „Und was hältst du davon?"

„Von Quint Aylmer? Gott, ich weiß nicht. Hast du diese Cynthia Urquhart schon mal gesehen?" Vera schüttelte den Kopf, und ich erklärte: „Sie ist sehr groß und älter als er, denke ich."

„Nein! Größer als er?"

„Ja, ich fürchte schon."

„Du meine Güte", sagte Vera verdrossen. „Da muß Kay aber was mißverstanden haben."

Ich hatte das Gefühl, mich für große Schwestern in die Bresche werfen zu müssen, und fragte: „Wieso kann er keine Beziehung mit einer haben, die größer ist als er?"

„Du kennst ja die Männer. Sie fühlen sich nicht gerne kleiner." Dann fügte sie etwas fröhlicher hinzu: „Aber du hast recht, es könnte trotzdem was dran sein. Er war schon immer ein Casanova – im Gegensatz zu seinem Bruder."

Vom Jammern mal abgesehen, liebte Vera nichts mehr als ein bißchen Klatsch. „Findest du Harry seriöser?" fragte ich.

„O ja. *Entschieden.* Er ist ein bißchen streng, aber, in echt, er ist nett, weißt du. Wir arbeiten viel zusammen, weil er mit den meisten Konferenzen zu tun hat."

„Vermutlich wird Harry wohl irgendwann die Leitung der Ferienanlage übernehmen."

Vera blickte sich um, ob jemand lauschte. „Nicht, wenn es nach seiner Mutter geht", flüsterte sie. „Moreen meint, es sollte Quint sein, obwohl er der Jüngste ist. Aber ihr Mann ist anderer Meinung. Ich habe gehört, daß es deswegen Wortwechsel gab."

„Und was ist mit Roanna? Kommt sie gar nicht in Betracht?"

Wie nicht anders erwartet, blickte mich Vera erstaunt an. „Roanna? Wieso sollte sie auch nur auf die Idee kommen, hier die Leitung zu übernehmen?"

Ich half ihr, die Namensschilder alphabetisch zu ordnen, und sagte beiläufig: „Wer spricht denn so auf dieser Konferenz. Bekannte Leute? Berühmtheiten?"

Vera verzog das Gesicht. „Zum Glück habe ich damit nichts zu tun. Ich weiß nur, daß Roanna eine Gruppe leitet."

Ich blickte gelangweilt in die Gegend. „Ja?"

„Irgendwas zum Thema Internet." Sie verstaute das Tablett mit den Namensschildern in der obersten Schublade eines Aktenschranks und stieß sie zu. „So! Alles fertig und vielen Dank für deine Hilfe. Jetzt können wir ins Jitterbug gehen auf den versprochenen Kaffee.“

„Prima.“ Ich knirschte insgeheim mit den Zähnen. Vera stand mir praktisch bis oben, aber ich mußte da durch, sonst würde ich nicht erfahren, was sie sonst noch wußte.

Nachdem wir uns beide beim Pförtner ausgetragen hatten, rückte sie mit einer Information heraus. „Weißt du“, sagte sie, während wir zum Café schlenderten, „als ich hier anfing, mußte ich unterschreiben, strengstes Stillschweigen zu wahren.“

„Ach, wirklich?“

Bewundernd riß ich die Augen auf, und sie kicherte selbstgefällig. „Weißt du, mir kommt hier vieles zu Ohren, aber das muß ich für mich behalten.“

„Zum Beispiel?“ fragte ich aufmunternd.

Sie blickte mich stirnrunzelnd an. „Ts! Du weißt doch, ich kann's dir nicht sagen.“

„Gewiß.“ Mein Unterton bezweifelte ihre Wichtigkeit, worauf sie sofort reagierte.

„Oh, na gut“, sagte sie. „Ich werde dir etwas erzählen, aber du mußt mir versprechen, daß du es nicht weitersagst.“ Sie sah sich um, als würde sie beschattet. Auch ich blickte mich um, weil ich das für möglich hielt.

Vera wisperte: „Sie haben nicht gewußt, daß ich sie hören konnte, aber heute nachmittag hat Harry im Büro nebenan mit seiner Mutter gesprochen und gesagt, er hätte einen Gast überprüft, und es hätte sich herausgestellt, daß sie Privatdetektivin ist!“

„Nein!“

„Ja!“ Vera nahm meinen Arm. „Sie ist hier, weil sie in einem Fall heimliche Nachforschungen anstellt.“ Vera sah mich geheimnisvoll an, ich wußte, in meinem Blick lag eine Mischung aus Achtung und Neugier.

„Red' weiter", sagte ich.

„Du hast von dem Mann gehört, der erschossen worden ist? Nun, seine Familie hat diese Detektivin engagiert, weil sie nicht glauben, daß es ein Unfall war."

„Das ist ja schrecklich", sagte ich. „Ich meine, was ist, wenn die Familie recht hat und es kein Unfall war? Ich nehme an, die Aylmers sind richtig besorgt."

„Besorgt? Das glaube ich nicht! Harry und seine Mutter haben darüber gelacht!" Vera hielt inne und strahlte mich an. „Ich wette, du kannst dir nicht denken, wer die Detektivin ist."

„Biddy Gallagher", sagte ich.

Vera entfuhr ein leiser Schrei. „Du *wußtest* es! Wie machst du das bloß, Den?"

„Ich habe einfach geraten", murmelte ich und versuchte herunterzuspielen, was ich soeben getan hatte, und das war, offen gesagt, eine ganz große Dummheit. Ich wollte doch nicht, daß Vera den anderen steckte, wie helle ich war oder wie interessiert, Biddy als Schnüfflerin zu identifizieren, obwohl es nicht schwer gewesen wäre, auf sie zu tippen, schließlich hatte Vera erwähnt, daß es sich um eine Frau handelte, die Fragen über die Erschießung anstellte. Somit war Biddy als ehemalige Polizistin die erste Wahl.

Ich hörte formlich meinen Schulungsleiter, als stünde er neben mir. „Dumm, dumm, dumm", sagte er. „Sie mußten sich einfach dicke tun, stimmt's, Denise?"

Auf der grünen Bank in meinem lauschigen Winkel im Park las ich den Kassiber von Malcolm. Nachdem ich die kryptischen Informationen entziffert hatte, wußte ich, daß Lloyd Sneads Lungen voller Salzwasser gewesen waren. Wieso das passiert war, blieb unklar, da er weder einen Herzinfarkt noch Schlaganfall erlitten hatte. Es gab auch keine ernste Verletzung, nur ein paar oberflächliche Prellungen auf beiden Schultern, vielleicht von den Gurten der Sauerstofflaschen. Den Ermittlungsbeamten war es nicht gelungen, diese Flaschen aufzuspüren und zu prüfen, ob sie defekt waren. Den Medien wurde erklärt, es sei Tod durch Unfall gewesen, aber ich sollte davon ausgehen, daß die Umstände verdächtig waren.

Im Café mit Vera hatte ich einen raschen Blick auf die Sonntagszeitung geworfen, die vom Festland mitgebracht worden war. Sneads Tod wurde in einem Satz unter der Schlagzeile erklärt: Lloyd Snead, internationaler Banker, erlitt am Freitag einen tödlichen Unfall und ertrank vor der herrlichen Aylmer-Insel.

Ich erwartete einen größeren Bericht in der Montagsausgabe, insbesondere im Wirtschaftsteil, da Snead im internationalen Geldhandel sehr bekannt gewesen war. Aus den Recherchen bei ASIO wußte ich, daß es Snead gelungen war, eine seiner Aktivitäten geheimzuhalten – Geldwäsche. Das sollte sich ändern. Snead hatte umfängliche Kontakte mit russischen Banken gehabt, sein Name war aufgeflogen, als sich mehrere Länder zusammengeschlossen hatten und dem Transfer riesiger Geldsummen aus Rußland an die Banken in aller Welt auf die Schliche gekommen waren. Der eigentliche Skandal aber war, daß es sich bei dem Geld um die internationale Hilfe für die marode russische Wirtschaft handelte.

Die andere Information irritierte mich. Die CIA hatte erst kürzlich einen operativen Einsatz auf der Aylmer-

Insel in Gang gesetzt. Ich wußte weder Namen noch Geschlecht. Das Spiel war mir bekannt: Alle Geheimdienste verbargen soviel wie möglich voreinander, sogar im eigenen Land. Mehr noch, sie hielten soviel wie möglich vor den Regierungen geheim, die sie eingerichtet hatten.

Ich sah mich aufmerksam um, ob sich irgend jemand näherte, ehe ich den Kassiber verbrannte. Dann verwischte ich sorgfältig die Asche im Staub unter einem Busch, putzte mir die Finger ab und machte mich auf den Weg zu einem bunten Abend im Gemeinschaftsraum.

„Hier ist ein Umschlag für dich", sagte Kay, sobald sie mich sah. Sie hatte sich zum Ausgehen angeschickt: Sie trug sehr viel Make-up und, passend zum Haar, ein Kleid in Creme und Braun. „Gefällt's dir?" fragte sie und drehte sich vor mir.

Nach dem ätzenden Nachmittag mit Vera fühlte ich mich nicht souverän genug, Interesse zu heucheln. „Hübsch", sagte ich knapp.

Unvermindert aufgekratzt erklärte Kay: „Ein paar von uns feiern auf dem Festland eine Party. Du hast noch Zeit genug, dich umzuziehen, wenn du mitkommen willst. Übrigens war Bruce schon hier, um dich zu bitten mitzukommen, aber er konnte dich nicht finden."

Vielen Dank, Vera, dachte ich, während ich fragte: „Bruce hat das doch wohl nicht als Einladung gemeint, oder?"

„Das würde ich sagen." Kay grinste über mein Entsetzen. „Himmel, Den, magst du ihn etwa nicht?"

„Ich schenke ihn dir, Kay. Für mich ist das viel zuviel Mann."

Lachend ging sie davon, an der Tür drehte sie sich noch einmal um und rief: „Vergiß deinen Brief nicht."

Auf dem Umschlag stand mein Name in unbekannter Handschrift, energisch und eckig. Ich zog mich in meine schlichte Kemenate zurück und schlitzte das Kuvert auf. Die einzelne Seite kam von Roanna, der Text lautete knapp: *Denise, ich wollte Sie für morgen zu einem privaten Picknick einladen. Ich bringe alles mit. Hole Sie um elf Uhr ab. Roanna.*

8

Am nächsten Morgen erschien Roanna zwanzig Minuten zu früh, sie klopfte energisch an meine Tür. Sie trug Shorts und T-Shirt, genau wie ich. Ihr Hemd war schlicht weiß, meins hellgrün mit der Aufschrift: *Schwerkraft! Nicht nur eine gute Idee, sondern Gesetz.*

Lächerlicherweise war es mir peinlich, sie dieses Kämmerchen betreten zu sehen, in dem ich geschlafen hatte, deshalb ging ich rasch in den Flur und schloß hinter mir die Tür. „Okay, ich stehe zu Ihrer Verfügung."

Sie grinste, sagte aber nichts. Sie reichte mir eine Kühltasche, sie selbst trug die gleiche, und wir spazierten hinaus in die klare Morgenluft. Es war eher warm als heiß, und die Sonne brannte nicht mit der üblichen Kraft.

Als wir den Weg vom Personalquartier hinunterkamen, begegnete uns Seb. „Hallo", sagte er und fixierte erst Roanna und dann mich. „Einen schönen Tag", wünschte er mit einem Lächeln in den Mundwinkeln.

Ich sah ihn ungerührt an. „Wir werden's versuchen."

Sein wissendes Lächeln verwandelte sich in breites Lachen. „Ich wette darauf."

Während wir weitergingen, fragte Roanna, als hätte sie Seb noch nie zuvor gesehen: „Ein Freund von Ihnen?"

Ich blickte sie überrascht an. „Kennen Sie Seb nicht? Er arbeitet seit mehr als zwei Jahren hier auf der Insel."

„Ich kenne ihn vom Sehen, das ist alles. Ich habe mit dem Alltagsablauf der Ferienanlange nicht soviel zu tun."

Schweigend gingen wir weiter, dann fragte ich: „Und was machen Sie?"

„Sie meinen, ob ich hier erwerbstätig bin oder meiner Familie auf der Tasche liege?" fragte sie angesäuert.

Verdammt! Ich hatte Roanna doch nicht vor den Kopf stoßen wollen – ich sollte ihr Vertrauen gewinnen. Ich spreizte meine Hände in einer Verstehen-Sie-mich-nur-nicht-falsch-Geste. „Es hat mich halt interessiert, das ist alles."

Beschwichtigt antwortete sie: „Entschuldigen Sie, ich habe Ihre Frage in den falschen Hals gekriegt. Ich bin für das ganze Computernetz auf der Insel zuständig. Ich habe ein Buchungssystem installiert, ich aktualisiere die Webseite, kümmere mich um die Online-Buchungen und -Anfragen und um die Werbung im Internet – solche Dinge."

„Meine Güte", entgegnete ich, „das übersteigt meinen Horizont, fürchte ich."

Als wir am Ende der Ferienanlage an den Strand kamen, schlenderte uns Tony entgegen, der gräßliche betrunkene Kerl aus der Bar, dem Roanna auf der Party gestern abend gesagt hatte, er solle verduften.

Er trug sein Tauchgerät in der Hand und machte einen großen Bogen um uns.

„Dieser Kerl", sagte ich, „Tony, nicht wahr? Ich mag ihn nicht."

Roanna warf ihm einen wütenden Blick nach. „Ich bin ganz Ihrer Meinung. Das Problem ist nur, daß er mit Harry und Quint befreundet ist, deshalb muß ich mich mit ihm abgeben." Sie lächelte bitter. „Ehrlich gesagt, die meisten Freunde meiner Brüder gefallen mir nicht."

Jetzt öffnete sie sich, aber ich wollte keinen übereifrigen Eindruck machen und sie drängen. „Tja, ich weiß, was Sie meinen", sagte ich verständnisvoll. „Mein Bruder hatte eine ganze Latte von Freunden, die ich nicht ausstehen konnte."

Nun tauschten wir unsere Gedanken über Brüder und Familie im allgemeinen aus, und ich begann, die Details der Aylmer'schen Beziehungen zusammenzufügen. Wie ich bereits gehört hatte, war George Aylmer zwar das nominale Oberhaupt der Familie, seine Frau Moreen aber hatte ganz entschieden das Sagen, und nichts geschah ohne ihr Wissen. Sie führte das Unternehmen mit Hilfe ihrer beiden Söhne, wobei Harry die meiste Arbeit tat, während Quint Mamas Goldjunge war. Roanna schien eher am Rande der ganzen Aktion zu stehen, sie widmete sich der Computersache und hatte mit den Entscheidungen nichts zu tun.

In mir glimmte die Hoffnung, daß Roanna vielleicht von den kriminellen Machenschaften nichts wußte. Aber ich mußte zugeben, daß ein solcher Optimismus kaum gerechtfertigt war. Sie war zweifellos intelligent, und es war schwer zu glauben, daß sie von dem, was rings um sie vorging, nichts wahrgenommen hätte.

Wir wanderten ein paar Meter vom Ufer entfernt einen schmalen Weg entlang. Ein Schild am Anfang wies ihn als Privatweg aus. Wir kamen an eine Kreuzung, wo ein anderer Weg vom Wasser hinaufführte. „Der führt zu meinem Häuschen", sagte Roanna.

Ich war neugierig. „Darf ich einen Blick drauf werfen?"

„Sicher, aber viel zu sehen gibt es nicht."

Ich hatte auf meinen täglichen Spaziergängen wiederholt die Grenzen des Aylmer'schen Anwesens erforscht. Ein leichter Maschendrahtzaun, zwei Meter hoch, verlief an der Grenze, und ich war sicher, daß eine Alarmanlage losging, wenn irgendwer einzudringen versuchte. Bis zu der Begrenzung hier unten war ich allerdings noch nicht vorgedrungen, und ich wollte sehen, ob sie genauso war.

Ein paar Schritte vor uns befand sich ein Sicherheitstor. Ich starrte durch den Maschendraht und nahm undeutlich ein hinter dem Grün verstecktes Häuschen wahr.

„Nur ein paar Schritte zum Meer", sagte ich. „Also das nenne ich echten Luxus."

Wir schlenderten weiter, unterhielten uns über nichts Besonderes – Musik, Filme, die wir gesehen, lustige Ereignisse, die wir erlebt hatten. Ich merkte, wie angenehm mir ihre Gesellschaft war, wie sehr ich dieses Erlebnis genoß, als gäbe es keinen geheimen Auftrag, als gehörte Roanna nicht zu der Familie, die mit an Sicherheit grenzender Wahrscheinlichkeit für schwerwiegende Verbrechen wie Mord und Anstiftung dazu verantwortlich war.

Nach etwa einer halben Stunde kamen wir zu einer kleinen Bucht mit wundervollem weißen Sandstrand, an dem sich nur ein paar ordinäre Möwen aufhielten, die sich gerade um einen Leckerbissen zankten. Roanna stellte ihre Kühltasche in den Sand und fragte weit ausholend: „Na, wie wäre es hier?"

„Ganz gut."

Es war sehr viel besser als gut. Aquamarinblaues Wasser schwappte sachte auf den weißen Sand; der weite Himmel über uns war blaßblau in der strahlenden Sonne; eine winzige Baumschlange hatte sich wie ein knallgrünes Band um den Ast eines Baumes gewunden. Ein paar unerschrockene blauweiße Schmetterlinge hatten sich auf uns niedergelassen.

Vielleicht könnte man eine solche Perfektion irgendwann leid werden, dachte ich, oder sie zumindest für selbstverständlich halten, doch für mich hatte die Szenerie der Insel einen wundersamen Charme und eine nicht ganz reale Atmosphäre, so lagen Magie und Verzaubetung in der Luft, und ich war ständig hingerissen. Und nun auch noch von Roanna, das mußte ich zugeben.

Wie setzten uns in den Schatten einiger Palmen. „Es ist ein spartanisches Picknick“, sagte sie, „aber es schmeckt, das versichere ich Ihnen.“

Natürlich war es überhaupt nicht spartanisch. Es gab lauter einzelne nette kleine Päckchen, die ich auspackte wie Geschenke: Als Vorspeise Räucherlachs und Kapern und Patê und Crackers, dann Hähnchen und Schinken und Roastbeef, dazu exquisite Beilagen. Die Kühltasche hatte den Wein kalt gehalten, die frische Herbheit zog mir den Gaumen zusammen.

„Wir wollen anstoßen“, sagte ich und streckte ihr mein Plastikglas entgegen. „Trinken wir auf...“ Ich hielt inne und fuhr dann fort: „Auf das Glück.“

Beinahe hätte ich mich hinreißen lassen und *Auf uns* gesagt.

Wir tranken den Wein aus, packten dann sorgfältig alles wieder ein und schauten auf das glitzernde Wasser.

„Ein schöner Tag“, sagte ich, nahm meine Sonnenbrille ab und blickte auf ihre Lippen. Einer Person auf den Mund zu schauen, soll angeblich bei ihr den Wunsch wecken, dich zu küssen. Das hatte zuvor schon bei mir geklappt, doch ich war nicht sicher, ob Roanna dafür anfällig war.

Sie war es.

Wir beugten uns zueinander, ohne Eile. Unsere Lippen berührten sich kurz, versuchsweise, dann küßten wir uns begierig, als könne unser Verlangen niemals gestillt werden. Wir sanken in den Sand. Sie schmeckte wundervoll, einfach wundervoll. Ich bekam eine Gänsehaut, entflammte lichterloh, mir blieb die Luft weg.

„Himmel, du kannst küssen", japste ich atemlos.

Sie war so außer Atem wie ich. Grinsend sagte sie: „Ich hab' auch geübt – extra für dich."

Ich zog sie zu mir herab. „Jetzt hab' ich dich da, wo ich dich haben wollte", sagte sie, beugte den Kopf und küßte mich wieder. Gott, wenn dies Küssen war, wie wäre dann erst das Lieben? Ich konnte nicht still sein. Ich stöhnte unter ihr, schlang die Arme um ihren Hals und verschmolz mit ihrem Mund.

Dies geriet völlig außer Kontrolle. Der letzte Rest meiner Vernunft sagte mir, daß wir am Strand lagen, wo schließlich jemand vorbeikommen konnte, doch meinem Körper war das völlig egal. „Ich will mehr", sagte ich an ihren Lippen.

Roanna war umsichtiger als ich, vielleicht hörte sie auch nur besser. Sie hob den Kopf. „Da kommt jemand."

„Was?"

Dann konnte ich sie auch hören. Eine Gruppe näherte sich schwatzend und lachend. Als sie aus dem Gebüsch auf den Strand kam, saßen wir sittsam nebeneinander und bewunderten die Aussicht. Wir waren erhitzt und außer Atem, aber wir befanden uns ja in den Tropen.

„Hallo", grüßte ein junges Mädchen, und ihre Begleitung, noch ein Mädchen und zwei Jungen, taten es ihr nach, ein frischer unverklemmter Gruß, den die jungen Leute leider nur allzu schnell ablegen.

Wir grüßten zurück.

Es war klar, daß sie sich an unserem Strand niederlassen wollten. Ein Stück entfernt warfen sie ihre Sachen in den Sand. Ich starrte auf die Mulde, die wir bei unseren Aktivitäten in den Sand gedrückt hatten, und sagte zu Roanna: „Vielleicht sollten wir gehen."

„Ja, vielleicht."

Ich konnte meine Augen nicht von ihrem Gesicht, ihrem Hals, ihren nackten Beinen losreißen. „Ich bedaure sehr, daß wir aufhören mußten", flüsterte ich, eine unnötige Vorsicht, denn die jungen Leute schwatzten ungeniert drauflos.

„Ich auch." Als sie mich anlächelte, erschien ein Grübchen auf der einen Wange. Ich wollte mich hinüberbeugen und es küssen.

Reiß dich zusammen, Denise!

Na also. Ich hatte mich wieder gefaßt und konnte wahrscheinlich gehen, ohne daß meine Knie einknickten. „Okay", sagte ich und erhob mich mit außergewöhnlicher Energie, „das war der Strand, und was kommt als nächstes?"

„Mein Bett", sagte Roanna.

Ein feuriger Blitz durchzuckte mich. „Das ist ziemlich plötzlich", sagte ich. „Da muß ich erst drüber nachdenken." *Eine Millisekunde vielleicht.*

Sie nahm die Taschen und reichte mir eine. „Morgen abend?"

„Wieso nicht jetzt, *jetzt gleich!*" wollte ich sagen, aber das hätte wohl etwas übereifrig gewirkt, und ich erinnerte mich daran, daß ich diese Sache kühl angehen sollte. „Morgen?" erwiderte ich also. „Da muß ich erst meinen Rendezvous-Kalender konsultieren."

Sie gluckste. „Tu das."

***

Wieso morgen abend? Wieso nicht heute? Das fragte ich sie nicht, als wir beide im Jitterbug Café einen Irish Coffee tranken, aber mein Körper war so scharf auf sie, daß ich ein ernstes Wort mit mir reden mußte, mir diese drängende Frage zu verkneifen oder, schlimmer noch, eine Bitte.

Wir verabschiedeten uns, und ich machte, daß ich in mein Zimmer kam, um mich umzuziehen, denn ich konnte ja wohl kaum in meinem T-Shirt mit Aufdruck und ohne Namensschild meine Schicht antreten.

Als ich am Krankenhaus vorbeikam, einem hübschen Gebäude aus Holz, das unweit des nördlichen Hotelflügels hinter blühenden Büschen versteckt lag, hörte ich laute Stimmen. „Ich will das wissen, und zwar jetzt!" brüllte Biddy Gallagher.

Jemand murmelte eine Antwort, worauf Biddy erwiderte: „Das ist doch Scheiße!"

Neugierig hielt ich an, machte dann rasch kehrt und ging am Ende des Gebäudes hinter dem Gebüsch in Deckung. Zum Glück war es ein milder Tag, denn sonst wäre die Klimaanlage eingeschaltet gewesen. Aber so standen alle Fenster offen, und das erklärte, weshalb ich Biddy so klar verstehen konnte.

Sie machte weiter Druck: „Ich werde dafür sorgen, daß man Ihnen die Lizenz entzieht. Und wenn es nicht mehr ist, können Sie von Glück sagen."

„Wie ich schon gesagt habe", hörte ich Ivy Bestloves ruhige Stimme. „Ich kann Ihnen keine medizinischen Auskünfte geben, die der Geheimhaltung unterliegen, Ms. Gallagher. Wenn Sie die Sache weitertreiben wollen, schlage ich vor, Sie wenden sich an die zuständigen Behörden. Inzwischen wäre ich Ihnen dankbar, wenn Sie jetzt gehen."

Stille folgte, dann krachte eine Tür. Ich blickte um die Ecke und sah Biddy Gallagher davonmarschieren, die Arme schwangen am Körper. Ich ging nach vorn und sagte durchs offene Fenster: „Himmel, Ivy, was war denn das? Ich bin gerade vorbeigekommen und hörte, wie sich Biddy Gallagher die Lunge aus dem Hals brüllte."

„Kennst du die Frau?" fragte Ivy stocksauer.

„Na klar. Sie sitzt ganz oft in der Bar", antwortete ich mit unüberhörbar mißbilligendem Unterton.

Ivy nickte. „Vielleicht ist es das. Sie hat zuviel getrunken."

Ein rascher Blick auf meine Uhr sagte mir, daß ich gerade noch fünf Minuten Zeit hatte. Ich öffnete die Tür und trat ins Wartezimmer. „Ist mit dir alles okay?"

Ivy schien überrascht, daß ich fragte. „Ja, sicher."

„Welche Laus ist Biddy über die Leber gelaufen?"

Offensichtlich genervt über Biddys Frontalangriff erklärte Ivy: „Die aufgeblasene Tucke hat versucht, mir Informationen über diesen Tod durch Erschießen abzupressen, bestimmt hast du von der Sache gehört."

„Dieser Unfall, nicht wahr? Jemand ist gestolpert oder gefallen, und dabei ging der Schuß los."

„Richtig. Es war eine Frau, die ihn erschossen hat. Sie war hysterisch, deshalb brachten sie sie hierher, damit ich sie beruhige. Sie hieß Fountain, Aileen Fountain."

Ich tat verwirrt. „Aber wieso interessiert sich Biddy Gallagher dafür?"

„Sie untersucht es, behauptet sie. Sie wollte mir weismachen, daß sie Polizistin ist, doch als ich ihre Marke sehen wollte, hat sie sich die Geschichte überlegt und erklärt, sie sei Privatdetektivin." Ivy lächelte mich grimmig an. „Da hab' ich ihr gesagt, sie soll verduften."

„Aber was wollte sie von dir wissen?“

„Ob Aileen Fountain die klassischen Anzeichen eines Schocks aufgewiesen hätte – Zittern, Verwirrtheit, Hysterie. Was du bei einer erwarten würdest, die gerade versehentlich jemanden erschossen hat. Ich hab' Ms. Gallagher gesagt, das ginge sie gar nichts an.“

Mich auch nicht, trotzdem fragte ich: „Und hatte diese Frau, diese Fountain einen Schock?“

Ivy sah mich spöttisch an. „Sie hat eine gute Show abgezogen, doch wenn du mich gefragt hättest, als ich sie untersuchte, hätte ich gesagt: ‚Nein, sie hat überhaupt keinen Schock.‘“

Auf die Minute pünktlich betrat ich die Bar. Normalerweise arbeitete ich mit Pete zusammen, aber zu meinem Schrecken stellte ich fest, daß ich in dieser Schicht mit Bruce hinter der Theke stünde. „Hallo, Den!“ sagte Bruce mit gewinnendem Lächeln, oder zumindest was er dafür hielt. „Pete wollte heute nachmittag frei haben, da hab' ich mit ihm getauscht.“

Ich nahm mir vor, Pete beim nächstenmal eine zu verpassen, und sagte ohne jede Begeisterung: „Na gut.“ Das würde eine lange Schicht werden. Bruce starrte mich mit seinen enervierenden schwarzen Augen an und schien sein höhnisches Grinsen zu unterdrücken. Das war gar nicht gut.

Zum Glück hatte ich nie zuvor mit Bruce zusammengearbeitet, deshalb machte ich mich auf das Schlimmste gefaßt. Zum Beispiel hielt ich ihn als Barkeeper für einen Flop, weil ich sicher war, daß er, wenn er nicht gerade seinen muskulösen Körper gegen die Theke drückte, um das nächste weibliche Wesen vollzuquatschen, sein bester

Kunde wäre. Als sich die Bar füllte, war ich angenehm überrascht, festzustellen, daß beides nicht stimmte. Bruce arbeitete sehr effektiv und kippte nur einen Drink auf die Schnelle, soweit ich das sah, und versuchte auch nicht, eine von unseren vielen Kundinnen zu bezirzen. Was daran gelegen haben mochte, daß er versuchte, *mich* zu bezirzen.

„Den, du hast einen Freund, nicht wahr?" fragte er, als wir an der Kasse fast zusammenstießen.

„Freundin." Er runzelte die Stirn, ich fauchte ihn an: „Du solltest mich fragen, ob ich eine *Freundin* habe. Ich gehe nicht mit Männern."

Ich gratulierte mir, daß ich es Bruce gestochen hatte. Doch bei unserem nächsten Zusammenstoß sagte er: „Eine Freundin ist okay. Ich hab' nichts gegen einen flotten Dreier." Er zwinkerte. „Du weißt, was ich meine."

„Vergiß es", sagte ich, aber Bruce war bereits wieder am anderen Ende der Bar.

Eine Stunde später kriegte ich ihn beim Gläserspülen zu fassen. „Weißt du, was eine Lesbe ist? Ich bin nämlich eine. Kapiert?"

Ungerührt antwortete Bruce: „Jen hat mir gesagt, daß du eigentlich bi bist. Nach beiden Seiten offen – das ist doch gut so."

„O *bitte!*" Bruce sah mich erwartungsvoll an. „Hör zu", sagte ich, „du sollst es als erster erfahren, ich habe nämlich eine Freundin *und* einen Freund, deshalb muß ich dir leider absagen, verstehst du." Verzweifelte Situationen erfordern verzweifelte Maßnahmen.

Seine Augen wurden zu schmalen Schlitzen. „Wer ist der Kerl?"

„Das kann ich nicht sagen. Es ist ein Geheimnis."

„Kenne ich ihn?"

Vielleicht war das doch keine so gute Idee. „Ich sage doch, es ist ein Geheimnis."

Bruce grinste und trat an die Theke, auf die jemand schon ungeduldig trommelte. Mein Abend war komplett. Es war Eddie Trebonus.

„Den!" sagte er und verrenkte sich den Kopf, um an Bruce vorbeizuschauen. „Ich bin zurück. Wurde ich sehr vermißt?"

Vielsagend starrte Bruce mich an: Das ist also der Freund.

„Bruce ist ein Zauberer, was Cocktails angeht", sagte ich und schlüpfte hinter die Regale, wo ich in hysterisches Lachen ausbrach.

9

Heute nacht ist die Nacht der Nächte, dachte ich, kaum daß ich Dienstagmorgen die Augen aufschlug. Schade, daß mir nichts Literarischeres, nichts Romantischeres einfiel, aber es war ja noch früh. Ich hatte die Morgenschicht zu arbeiten, den Nachmittag auszufüllen, und dann erwarteten mich Roanna und der Abend.

Ich bezwang die Versuchung, eine Weile liegenzubleiben und mich Phantasien über Roanna hinzugeben. Wieso nicht in Windeseile durch den Tag düsen und am Abend das Wahre kosten? Energisch setzte ich mich auf, stellte im Geiste eine Liste der Personen auf, die es unter allen Umständen heute zu meiden galt, und jener, deren Gesellschaft ich suchen sollte. Bruce und Eddie waren definitiv auf der Zu-meiden-Spalte; Biddy, Vera und Lainie Snead, sofern ich sie finden konnte, gehörten in die zweite Kategorie.

Ich duschte, zog mich an und trainierte ein wenig – ich versuchte zumindest zweimal die Woche in den Fitnessraum fürs Personal zu gehen –, dann suchte ich Vera und fand sie beim Frühstück im Gemeinschaftsraum, wo sie beim Fernsehen rhythmisch die Kiefer bewegte.

„Guten Mogen, Vera."

Meine Freundlichkeit war Perlen vor die Säue geworfen. Vera winkte zur Antwort, ohne den Blick von der Glotze zu nehmen. Ich blieb so lange neben ihr stehen, bis sie aufsah.

„Hallo, Den. Dies ist meine Lieblingssendung."

„Ich dachte, du hättest heute Nahkampftag im Kongreßzentrum", sagte ich herzlich. „Schließlich treffen doch gleich die Teilnehmer ein."

Sie widmete ihre Aufmerksamkeit wieder dem Bildschirm, auf dem eine unglaublich vollbusige Blondine mit unglaublich schmaler Taille einem Mann, der fast so gut aussah wie sie, gestand, daß sie ihn mehr liebte, als er sich je vorstellen könne.

„Ich habe heute Spätschicht, deshalb brauche ich erst mittags hin", sagte Vera.

Die Seifenoper wurde von Werbung unterbrochen: tanzenden Shampooflaschen und noch mehr anatomisch inkorrekten weiblichen Wesen mit glänzendem langen Haar.

„Also kommen sie heute alle? Null Probleme?"

„Sie kommen alle." Sie verzog das Gesicht. „Ich meine, es sind ja nur dreißig, aber du glaubst gar nicht, wieviel Arbeit das für mich bedeutet. Praktisch jeder will eine Extrawurst, und dann hab' ich erst gestern erfahren, daß der eine gleich drei Leibwächter mitbringt, somit mußte ich auch die noch unterbringen, was gar nicht so einfach war."

„Wow! Drei Leibwächter. Ist es jemand, den ich kenne?"

„Das bezweifle ich. Ein Mr. Sabir. Er war schon letztes Jahr hier, aber ohne Leibwächter, insofern begreife ich nicht, wieso er die jetzt braucht."

Einsetzende Geigenklänge zogen ihren Blick wieder auf den Fernseher. Die gleiche pneumatische Blondine und der Schönling sahen einander tief in die Augen. „Es ist ganz traurig, in echt", sagte Vera. „Sie weiß nämlich nicht, daß sie einen Gehirntumor hat, und auch nicht, daß er ihr Bruder ist. Sie wurden bei der Geburt getrennt."

Ich schüttelte den Kopf, aber Vera bemerkte es nicht, deshalb machte ich mich auf, um zu frühstücken.

In den ersten Stunden der Morgenschicht kamen nur wenige Gäste ins Tropical Heat – zum Glück, denn ich stand allein hinter der Theke. Kaum hatte ich die Tür aufgeschlossen, kam Biddy Gallagher mit der Zeitung unterm Arm. „Der Typ, der am Freitag ertrunken ist, steht groß in den Schlagzeilen", sagte sie zu mir und tippte auf den Aufmacher der Titelseite. SKANDAL UM TOTEN BANKER lautete die Schlagzeile und darunter VERBINDUNG ZU RUSSISCHEN BANKEN?

Um meine Unsensibilität in bezug auf Lainie Snead wiedergutzumachen, zumindest was Biddy betraf, sagte ich: „Es war schon schlimm genug für seine Frau, aber das muß ja grauenhaft sein."

Biddy nickte höflich und setzte sich an ihren üblichen Tisch. „Ich nehme meinen Herzanreger, wie immer."

Ich würde nie begreifen, wie jemand vorwiegend Whisky trinken konnte, schon gar nicht gleich nach dem Frühstück. Obwohl es für Biddy durchaus das Frühstück sein mochte.

Ich brachte ihr einen Haig und hatte es auf einen Plausch abgesehen. Sie starrte mich an. „Ja?"

„Ich habe mich schon gefragt, wo Lainie Snead ist. Haben Sie sie gesehen?"

„Und wenn ja, wieso interessiert Sie das?"

„Ich habe mich Sonntagabend auf der Party mit ihr unterhalten. Sie sah aus, als ob sie Angst hätte, und ich habe mich gefragt, warum."

„Sie ist nicht im Hotel“, sagte Biddy. „Sie halten sie im Großen Haus abgeschirmt.“

„Sie halten sie?“

Biddy lachte kurz auf. „Damit will ich nicht sagen, daß Lainie eine Gefangene ist. Vielleicht ist es für sie der beste Ort, da sie zweifellos mehr über die Geschäfte ihres Mannes weiß, als ihr gut tut.“

Sie schlug die Zeitung auf, womit sie mir zu verstehen gab, daß die Unterhaltung beendet war. „Ivy Bestlove sagt, Sie seien Privatdetektivin“, erklärte ich.

Biddys Gesicht wirkte betroffen, peinlich berührt und verärgert. „Ja, ich hab' mich da wohl ein bißchen zum Narren gemacht.“

„Ich hab' mich schon gewundert, warum Sie mir all diese Fragen zu dem Unfall beim Tontaubenschießen gestellt haben“, sagte ich.

Sie faltete ihre Zeitung zusammen und legte sie neben ihr Glas, dann lehnte sie sich zurück und musterte mich kritisch. „Sie stellen selbst eine Menge Fragen, Denise.“

„Vermutlich bin ich an allem sehr interessiert.“

Mein flapsiger Ton verfehlte seine Wirkung auf Biddy. „Ich weiß nicht, welche Rolle Sie spielen“, sagte sie, „aber halten Sie mich niemals für blöd.“

„Bestimmt nicht.“ Jetzt war es an der Zeit, ihr etwas zu geben und zu hoffen, daß ich etwas wiederbekam. „Ich bin am Krankenhaus vorbeigekommen und habe Ihren Streit mit Ivy Bestlove gehört“, erklärte ich. „Deshalb weiß ich davon. Nachdem Sie gegangen waren, habe ich mich mit ihr unterhalten, und sie hat mir die Information gegeben, die Sie von ihr haben wollten.“

Biddy trommelte gegen ihr Glas. „Und was für eine Information soll das sein?“

„Über Aileen Fountain. Ich kann Ihnen die Antwort geben – Ivy ist ziemlich sicher, daß die Frau sich nicht im totalen Schock befunden hat, auch wenn sie versucht hat, so zu tun als ob."

„Dann hatte ich also recht." Biddy nickte nachdenklich. „Das überrascht mich nicht. Bellamy wußte zuviel." Sie lächelte sarkastisch. „Jetzt schulde ich Ihnen vermutlich einen Gefallen."

Zufrieden hörte ich, daß sie die ungeschriebenen Regeln begriffen hatte. „Samstagabend haben Sie mich vor Oscar Fallon gewarnt, warum?"

Nachdenklich legte sie den Kopf schief. „Nun gut", sagte sie. „Vielleicht interessiert es Sie, vielleicht auch nicht. Aber Fallon ist von der CIA." Sie sah mich erwartungsvoll an. Als ich nicht reagierte, fuhr sie fort: „Ich bin ihm mal über den Weg gelaufen, vor vielen Jahren, als ich noch im Polizeidienst war. Zu sagen, wir wären nicht miteinander klargekommen, wäre absolut untertrieben." Sie grinste wie ein Wolf. „Vielleicht können Sie sich seine Reaktion vorstellen, als wir uns zufällig hier auf der Insel begegneten. Er zog mich beiseite und drohte mir Gott weiß was an, wenn ich ihn auffliegen lasse."

„Sie lassen ihn gerade auffliegen."

„Und das fühlt sich richtig gut an", sagte Biddy.

Mein Tag ging nicht sehr schnell vorüber. Ich beendete meine Schicht, ging zum Lunch, bummelte an den Boutiquen entlang, trank Kaffee im Jitterbug, sagte Pete, ich würde ihm die Kniescheiben brechen, wenn er mich noch einmal mit Bruce arbeiten ließ, und am Spätnachmittag beobachtete ich unauffällig, wie der Katamaran mit den Konferenzteilnehmern an Bord anlegte.

Farid Sabir war unschwer auszumachen: Er war der kleine Mann, den drei Kleiderschränke umringten, ihr Gehabe zeigte an, daß sie auf dem Sprung waren, denn sie blickten sich fortwährend um, ob sich Ärger anbahnte. Auf einem kleinen weißgestrichenen Pier und dem sachte an den Strand schwappenden Wasser und den Palmen, die in der leichten Brise wedelten, nahm sich das reichlich albern aus. Dann erinnerte ich mich an einen anderen Bilderbuchtag, da hatte Lloyd Snead im Sand gelegen, und das war ganz und gar nicht komisch gewesen.

Schließlich machte ich mich geschniegelt und gebügelt auf den Weg zum Aylmer'schen Anwesen. Kurz vor Sonnenuntergang empfing mich Roanna am Haupttor, das von zwei hochmontierten Kameras bewacht war, die ich am Abend der Party nicht bemerkt hatte. Sie irritierten mich sehr, denn sie waren auf mich gerichtet, als ich die Auffahrt hinaufkam. Ich blickte zu ihnen hoch, stellte mir vor, wie mein Konterfei irgendwo im Großen Haus auf dem Monitor erschien. Ich hoffte, wer immer sich das ansah, fände Gefallen an meiner frischen weißen Jeans und meiner kobaltblauen Bluse.

„Bestimmt ist das eine Übertreibung", sagte ich zu Roanna und deutete auf die Kameras. „Schließlich befindet ihr euch auf eurer eigenen Insel."

„Paranoia liegt in der Familie", antwortete sie. „Das ist die einzige Erklärung, die ich dafür habe."

Ich folgte ihr zu ihrem Bungalow. Er war von einem wilden Park umgeben, der zweifellos eigens angepflanzt war, aber ganz natürlich wirkte, das Haus war aus graugeflecktem Holz erbaut und hatte ein niedriges Strohdach. Die Satellitenschüssel wirkte völlig deplaziert. „Du siehst wohl viel fern?" fragte ich.

„Ehrlich gesagt, nein. Das ist mein eigener Satellitenanschluß für meinen Computer. Es gibt eine noch größere Schüssel auf dem Dach des Konferenzzentrums, aber ich wollte meine eigene.“

„Damit die kleinen Schmuddeleien anderer Leute deine Nachrichten nicht behindern?“

Sie grinste. „So ungefähr.“

Das Häuschen hatte eine Veranda, genau wie ich mir ausgemalt hatte – nur ohne den Whirlpool, der das ganze eine Ende einnahm. „Vielleicht versuchen wir das ja später“, sagte Roanna, die meinem Blick gefolgt war.

Sie führte mich durch die Doppelglastür hinein. Der Fußboden war mit poliertem Parkett belegt, darauf bunte Webteppiche, das Mobiliar war schlicht und zierlich. Die großen Panoramafenster des Wohnzimmers gingen auf den Strand und das rollende Meer hinaus.

Die Küche war klein, doch sehr raffiniert. Das dunkelblau gekachelte Bad hatte ein Fenster mit Aussicht auf das kleine Kliff, das das Ende des Strandes markierte. „Niemand kann reinsehen“, erklärte Roanna. „Es ist einseitiges Glas.“

Ich stand an der Schlafzimmertür, ging aber nicht hinein. Ich hatte das merkwürdige Gefühl, der wahren Roanna, dem Wesen unter der Oberfläche zu nahe zu treten. Das Zimmer war, wie das übrige Haus, von erlesener Schlichtheit. Das Bett stand so, daß Roanna durch den grünen Vorhang üppiger Vegetation aufs Meer blicken konnte. Die eine Seite des Raums war von vollgestopften Bücherregalen bedeckt.

Wir gingen ins Wohnzimmer zurück. „Es ist wunderschön“, sagte ich. „Wenn es mein Haus wäre, würde ich niemals hier weggehen wollen.“

Ein thailändischer Wandschirm, eine exquisite Handarbeit, trennte eine Nische ab, in der sich die Computeranlage befand. „Hier arbeite ich meistens“, erklärte Roanna, „und wenn's dir nichts ausmacht, sende ich noch rasch eine dringende E-mail, und danach kann ich die Arbeit vergessen.“

Jede geschäftliche E-mail war für mich von Interesse, also stützte ich lässig die Hand auf ihre Stuhllehne und sah zu, wie sie sich einklinkte. Ihre E-mail-Adresse war Aylmer5. Sie blickte lächelnd zu mir hoch. „Eins bis vier ging an die älteren Familienmitglieder auf der Insel“, sagte sie. „Ich bin die Nachzüglerin im Wurf.“

Ich beobachtete genau, wie sie ihr Paßwort eingab. Die meisten Leute suchen sich Paßwörter, die leicht zu behalten sind, wie der eigene Name und Geburtstag. Roanna bildete keine Ausnahme: Sie tippte ROANNA ein.

„Ein Redner ist ausgefallen, der nächsten Monat auf einem Kongreß sprechen sollte“, sagte sie, während sie die E-mail verfaßte, „und wir suchen verzweifelt kurzfristigen Ersatz. Dieser Typ, den ich kontaktiere, ist zwar ein Vollidiot, aber immerhin versteht er sein Fach.“

„Was ist sein Fach?“

Sie starrte auf den Monitor, korrigierte einen Fehler und sagte: „Elektronische Überwachung.“

Im Vertrauen darauf, daß sie mein Interesse am Thema nicht merkwürdig fände, erwiderte ich: „Ich hab' den Eindruck, daß die Ferienanlage in dieser Richtung bestens ausstaffiert ist.“

„Das ist sie. Das ist Harrys Steckenpferd. In dieser Hinsicht ist er total paranoid.“

Hier nachzufragen war zu gefährlich, dann hätte sie sich womöglich gewundert, wieso mich diese Sache interessierte, aber Roanna kam mir zu Hilfe: „Ich habe zu Harry gesagt, ich würde ihm niemals verzeihen, wenn er in meinem Haus Wanzen versteckt."

Verdammt! Der Gedanke war mir noch gar nicht gekommen. Rasch vergegenwärtigte ich mir, was ich bisher gesagt hatte. Gewiß nichts Belastendes.

„Ehrlich gesagt", Roanna lächelte grimmig, „traue ich meinem lieben Bruder sowenig, daß ich, obwohl er geschworen hat, er hätte mich nie abzuhören versucht, einen Experten vom Festland geholt habe, der das Haus auf Wanzen untersuchte."

Sie lachte über mein Gesicht. „Nichts", sagte sie. „Ausnahmsweise hat Harry die Wahrheit gesagt."

Dies war ein interessanter Konflikt zwischen Bruder und Schwester, und ich wäre gern darauf eingegangen, doch Roanna hatte sich auf die E-mail konzentriert. Sie las noch einmal den Text, drückte auf Senden und entließ ihn in ein Meer elektronischer Nachrichten, die unsichtbar um den Globus schwirrten.

„Hast du Hunger?" fragte Roanna.

Hunger nach dir, dachte ich. „Ein bißchen."

„Natürlich." Sie grinste. „Ich hab' glatt vergessen, was für einen herzhaften Appetit du hast."

Wir setzten uns auf die Veranda. Die Dunkelheit war mit der in den Tropen üblichen Plötzlichkeit hereingebrochen, die Farben des Tages verblaßten rasch zu blaugrau und dann schwarz. Ein Silberstreifen führte über das Meer zum Vollmond, der aus dem Wasser aufstieg. Schemenhaft sausten Fledermäuse auf und ab. Ich nippte den französischen Champagner, den sie mir eingeschenkt hatte, obwohl es keines Alkohols bedurfte, mich in Rausch zu versetzen, wie Roanna es tat, ihr Gesicht schimmerte im verblassenden Licht und wirkte zum erstenmal eher entspannt als auf der Hut.

Sie hob ihr Glas. „Auf den Abend."

„Nicht die ganze Nacht?"

Sie gluckste und prostete mir noch einmal zu: „Auf die ganze Nacht."

Jetzt, da ich bei ihr war, hatte ich gar keine Eile. Wir unterhielten uns ein wenig, doch die meiste Zeit schwiegen wir als ein lebendiger Teil des Dunkels. Dann gingen wir zum Essen hinein und setzten uns am Küchentisch einander gegenüber. Roanna hatte einen Salat zum gebratenen Huhn bereitet. Mein sonst so robuster Appetit war verschwunden.

„Magst du es nicht?" Roanna deutete auf das kaum angerührte Essen auf meinem Teller.

„Ausnahmsweise bin ich nicht hungrig." *Aber gierig nach dir.*

Sie bot mir einen Likör an, doch ich lehnte ab. „Ich trinke nicht viel."

„Eine Empfehlung für Barkeeper", bemerkte sie.

Tu mich nicht so ab, dachte ich, *ich bin sehr viel mehr als eine Wanderarbeiterin.*

Mein Wille, die Dinge zur gegebenen Zeit auf mich zukommen zu lassen, schwand. Wieder spürte ich, wie meine Knie weich wurden, und dabei hatten wir uns noch nicht mal geküßt. In meinem Innern baute sich eine intensive Hitze auf. „Können wir den Whirlpool ausprobieren?" fragte ich.

„Sicher." Ihre Augen waren dunkel, ich hoffte vor Begehren.

Wir berührten uns nicht, als wir auf die Veranda hinausgingen. Roanna hatte das Licht ausgemacht, nur der aufsteigende Mond schien kalt vom tintenblauen Himmel herab.

Der Whirlpool blubberte leise vor sich hin. Ich stand daneben und sah sie an. „Vielleicht sollten wir noch unsere Kleidung ausziehen“, sagte sie und klang amüsiert.

Meine Finger zitterten. Wie lächerlich, dachte ich, als wäre es das erste Mal, daß ich eine Frau liebte. Jetzt war sie nackt, und der Mond schien auf ihre Schenkel und warf Schatten unter ihre Brüste.

„Denise?“

Ich merkte, daß ich noch immer voll angezogen dastand, und war verlegen. „Entschuldige.“

Das Wasser prickelte auf meiner Haut wie zuvor der Champagner in meinem Mund. Roanna saß mir gegenüber, das Wasser umspielte ihre Schultern, ihre Arme ruhten auf dem Rand des Whirlpools. „Sag mir, was du möchtest“, sagte sie.

„Du meinst, jetzt in diesem Moment, oder ist das eine das ganze Leben betreffende Frage?“

„Sowohl als auch.“

Ich dachte ernsthaft über die Frage nach. „Was mein Leben betrifft, so möchte ich Dinge tun, die eine Herausforderung für mich sind; ich möchte glauben, daß ich etwas geleistet habe.“ Ich schwieg und dachte, wie abgedroschen das klang. „Wie steht's mit dir?“

Roanna schwieg eine Weile, dann sagte sie: „Ich möchte nicht unglücklich sein.“

„Bist du unglücklich?“

„Manchmal.“

Der Whirlpool blubberte, ein feiner Duft stieg vom Wasser auf, mein Herz schmolz ein wenig. „Sag mir, was du jetzt im Moment möchtest“, sagte ich.

„Liebe machen."

„Das trifft sich ausgezeichnet." Meine Stimme war nicht ganz fest. „Genau das habe ich auch empfunden."

Wir trafen uns in der Mitte des blubbernden Wassers, vom gleichen begierigen Wunsch erfüllt. „Was gefällt dir?" flüsterte ich ihr ins Ohr.

„Alles. Irgendwas."

Ihr Mund war feurig, das wußte ich bereits, aber ihre nackte Haut an meiner, das loderte regelrecht. Sie streichelte meine Brüste und die Nippel, ihre Hand glitt zu meinem Bauch hinunter. „Roanna", japste ich.

„Was?" murmelte sie.

Ich löste mich im Wasser auf und wurde reines Gefühl, aber das war nicht genug. Ich wollte sie unter mir, über mir, ihre nasse Haut an meiner. „Du hast mir dein Bett versprochen", sagte ich.

„Ja, das hab' ich."

Wir stiegen aus dem Pool und gingen nach drinnen, unsere Augen hatten sich so ans Dunkel gewöhnt, daß wir kein Licht brauchten. Ich hatte den Arm um sie geschlungen, spürte genüßlich ihre Größe und Stärke und wie sich beim Atmen ihre Rippen bewegten.

Eng umschlungen standen wir vor dem Bett, das Blut rauschte wild in meinen Ohren. Ich spürte, wie jede Hemmung von mir abfiel. Eine Alarmglocke läutete in meinem Kopf. Ich mußte mir in Erinnerung rufen, daß es Denise Hunter war, die mit Roanna Liebe machte, nicht ich. Dann streichelte sie mich, und jeder Gedanke schmolz dahin. Ich wollte sie, und ich wollte, daß sie nie aufhörte.

Dann lagen wir auf dem Bett, rasend, enthemmt. Sie bäumte sich neben mir auf, rief meinen Namen, einmal.

Dann stöhnte sie, stieß spitze Schreie aus, und ich kam mit ihr zum Höhepunkt und schrie, als ein greller Funkenball vor meinen Augen zerbarst.

„Ziemlich gut“, sagte ich hechelnd an ihrem Hals.

Nach Luft schnappend, lachte sie. „Ach bitte. Noch einmal.“

10

Am nächsten Morgen erschien ich etwas zerdetscht, aber innerlich jubelnd, zu meinem Dienst in der Lounge. Die vergangene Nacht war wie ein wundervolles Geschenk in meinem Kopf verpackt, ein Geschenk, das ich jederzeit auspacken konnte. Wir hatten zusammen gefrühstückt, dann waren wir mit unserem Kaffee zu den trällernden Vögeln und duftenden Blumen nach draußen gegangen. Es begann mir so zu gefallen, daran hätte ich mich gewöhnen können.

„Du bist heute morgen gar nicht dran", sagte Jen hinter der Theke und sah mich finster an. Selbst ihr rotes Haar wirkte wütend.

„Doch, das bin ich."

„Du *warst* es", sagte sie. „Aber dann wurde getauscht." Das paßte ihr sichtlich nicht. Ihre helle Haut war vor Zorn rot angelaufen. „Man hat es mir praktisch erst unmittelbar vorher gesagt. Das ist ganz und gar nicht gut."

Ich war zu müde, um klar zu denken. „Aber wieso der Tausch?" fragte ich.

„Du bist mit Pete für den Service auf dem Katamaran eingeteilt worden. Es kam eine Orkanwarnung für morgen durch, deshalb wurde der Ausflug der Konferenzteilnehmer zum Great Barrier Reef auf heute vorverlegt. Du wirst um elf an Bord erwartet, also schick dich besser."

Heute nachmittag käme Alice, meine Kontaktperson, als Touristin auf einer Rundfahrt mit Besichtigung der

Insel. „Ich kann nicht", sagte ich, „ich muß mit irgendwem tauschen."

„Das kannst du dir abschminken", sagte Jen. „Harry Aylmer nahm höchstpersönlich den Tausch vor, damit du auf den Katamaran kommst, da führt kein Weg dran vorbei." Sie schürzte die Lippen und sah mich nachdenklich an. „Ich hab' mich schon gewundert, wieso."

Ich spreizte meine Finger. „Ich habe nicht den leisesten Schimmer."

Natürlich hatte ich den. Ich wettete, daß meine Beziehung zu Roanna sein Interesse geweckt hatte. Dann lief es mir kalt den Rücken runter. Was wäre, wenn ich als das nächste Unfallopfer vorgesehen war?

Ich entschuldigte mich bei Jen, als wäre das alles meine Schuld, und ging, um nachzudenken, welche Möglichkeiten mir blieben. Ich kam zu dem Schluß, daß es höchst unwahrscheinlich war, daß der ganze Ausflug nur deshalb stattfände, damit sie die Gelegenheit hätten, mich umzubringen, womit ich wieder bei meiner ersten Vermutung war, daß Harry von der Beziehung zwischen seiner Schwester und mir gehört und geplant hatte, mich unter die Lupe zu nehmen. Ich könnte mich weigern, auf den Katamaran zu gehen, doch damit würde ich zweifellos unliebsame Aufmerksamkeit auf mich lenken, und auf Animositäten von seiten Harrys war ich gar nicht erpicht; womöglich separierte er mich von der Familie, die ich auszukundschaften versuchte.

Okay, dann also Plan B. Ich kehrte zum Personalquartier zurück, um dort eines der Münztelefone zu benutzen, die in einer Reihe neben der Küche hingen. Ich fütterte den Apparat, wählte die Nummer, die ich mir eingeprägt hatte, und wartete, daß jemand abnahm.

„Hallo", sagte eine ältere Stimme.

„Mum, hier ist Denise."

Wir hatten uns noch nie gesehen, aber die Frau antwortete: „Schätzchen! Ich freu mich so, deine Stimme zu hören. Wie geht es dir?"

Wir plauderten ein paar Minuten über dies und das, dann sagte ich: „Mum, ich hab' doch gesagt, daß ich mir ein paar Tage freinehmen und nach Hause fliegen will, um dich zu besuchen. Nun, da kommt leider etwas dazwischen, und ich schaffe es momentan wohl nicht."

Ihre Stimme lachte nachsichtig. „Etwas oder jemand, Schätzchen?"

Ich erwiderte das Lachen. „Ich kann dir nichts vormachen. Ich habe jemand kennengelernt. Eine wirklich nette Person."

Ich schob ein paar Münzen nach, wir redeten noch etwas, dann verabschiedeten wir uns liebevoll. Es war ein Gespräch, wie ich es mit meiner Mutter niemals geführt habe, aber es fiel mir trotzdem nicht schwer. Ich hatte es an die tausend Male im Kino und Fernsehen gesehen.

Jetzt fühlte ich mich etwas erleichtert, wußte ich doch, daß meine Kontrollperson im Bilde war, daß der Kontakt heute nicht zustande käme, daß es mir aber gut ging. Alice würde, wenn alles nach Plan ginge, morgen erscheinen und mit mir in Kontakt treten.

Auch heute war es ein herrlicher Morgen und nicht allzu heiß. Hoch am Himmel fegten weiße Wolken dahin, die hohe Winde bedeuteten, aber hier unten überm Meer war es nur eine sanfte Brise. Die Katamaranfähre hob und senkte sich elegant am Pier, die weißen Seiten blendeten. *Moreen* war in schwungvollen blauen Lettern aufgemalt.

Ich dachte an Moreen Aylmer und fand den Namen für den schnittigen Katamaran eher unpassend.

Die Besatzung und Pete und ich, wir alle waren schon eine Weile vor den Passagieren an Bord, um sicherzustellen, daß bis dahin alles erledigt und nichts anderes zu tun war, als sie auf den Katamaran zu schleusen und abzulegen. Tim kam schwitzend mit seiner Karre angetrabt, auf der sich die Tauchausrüstungen befanden. Da Pete bereits unsere Utensilien verstaut hatte, half ich Tim, sein Zeug an Bord zu hieven.

„Es ist eine Pest", sagte er beim Verladen. „Ein ganzer Schwarm dieser verdammten Reporter hat mindestens eine Stunde lang meinen Laden belagert und mir blöde Fragen über Lloyd Snead und seinen letzten Tauchgang gestellt. Ich hab' ihnen wohl hundertmal erklärt, daß er seine Ausrüstung nicht von mir hatte, aber das änderte überhaupt nichts."

„Woher hatte Snead die Ausrüstung?" fragte ich. „Was würdest du schätzen?"

„Ich bin mir nicht sicher", antwortete er, „aber ein paar Gäste hier sind richtige Tauchexperten, und ich erinnere mich, daß Mr. Snead sich am Tag vor seinem Unfall oder so mit jemand von denen unterhalten hat."

„Ach ja?" sagte ich so lässig wie möglich. „Vielleicht kenne ich die Person von der Bar. Wer war es?"

„Große Frau. Cindy Dingsbums. Sie ist wirklich nett."

„Braun wie ein Lederschuh?" fragte ich.

Tim lachte. „Das ist sie."

Ich schulterte ein paar Flaschen. „Hast du den Bullen erzählt, daß Cindy sich mit Snead unterhalten hat?"

Er blickte mich verdutzt an. „Zum Teufel, nein. Warum sollte ich auch?"

Pete erschien an Deck. „He, ihr beide, kommt an Bord. Wir sollen alle antreten, die Käptn begrüßen und salutieren." Er grinste über meinen Ausdruck. „Sie ist ziemlich traditionsbewußt", sagte er.

Ich hatte bisher noch nicht das Vergnügen gehabt, die Kapitänin kennenzulernen. Sie war eine Frau mit glattem Gesicht, die weiße Uniform saß etwas zu stramm auf dem stattlichen Körper. Sie begrüßte uns kurz, dann folgte eine knappe Einführung, offenbar waren ihr die externen Kräfte kein großes Aufhebens wert. Sie bellte Befehle, wie es an Bord wohl üblich schien, aber ihre winzige Crew – gerade mal drei Leute – gehorchte eilfertig. Wieso also sollte ich daran herumkritteln?

Harry Aylmer, in Shorts und Hemd, deren Schneeweiß kraß von seiner tiefen Sonnenbräune und dem schwarzen Haar abstach, kam mit den Gästen an Bord. Er zeigte sich umgänglich, hörte aufmerksam zu, wenn ihn jemand ansprach, und nickte des öfteren höflich.

Die Maschinen röhrten, wir legten vom Pier ab, und kurz darauf durchpflügten wir das Wasser, der Katamaran erhob sich auf die Schwimmer, weiß schäumte das Kielwasser hinter uns auf. Das Meer war ruhig, die Fahrt verlief glatt, und alle waren bester Laune. Ich schnappte Wortfetzen auf Indonesisch auf und Brocken, die ich als Thailändisch definierte, aber für die meisten Leute war die Umgangssprache Englisch. Harry Aylmer machte die Runde wie ein guter Gastgeber, doch mir war sehr wohl bewußt, daß er immer wieder zu mir herübersah. Das ganze Mittelschiff des Katamarans war für Geselligkeiten und Bewirtung ausgebaut. Die Fensterreihen rechts und links sorgten für eine tolle Atmosphäre von Sonnenlicht und salziger Luft. Pete tummelte sich hinter der geschwungenen Bar aus blauschimmerndem Chrom und schenkte Kaffee und Drinks ein, während ich unter den Fenstern zur Hafenseite auf langen Tafeln das Lunchbuffet herrichtete.

Ich wußte, daß wir den ganzen Tag im Dienst waren und uns natürlich nicht unter diese bedeutsamen Gäste mischen konnten, wenn sie das Korallenriff erforschten, aber wenn ich an meine wunderbaren Ferien zurückdachte, als ich zwölf war und das letztemal mit meiner Mutter verreiste, ehe sie starb, hatte ich die Bilder vor mir, die sich ihnen bieten würden.

Mum und ich waren in der Nähe von Cairns am Great Barrier Reef gewesen, und ich konnte mich noch sehr gut daran erinnern, wie aufgeregt ich war, als ich das Mundstück des Schnorchels in den Mund nahm und meine Taucherbrille zurechtschob. Unter Wasser bestaunte ich die Welt der Farben und Lebewesen. In Erinnerung an diese wundervolle Zeit tauchten die herrlichsten Bilder vor mir auf: die empfindlichen Korallen in Rosa und Gelb; blaue Seesterne; rote Seeanemonen wiegten ihre zarten Tentakel; Papageifische und Engelbarsche und Schmetterlingsdorsche; elegante Teufelsrochen, die mich schaudern ließen, wedelten vorbei, Schwärme von Neonfischen, die sich alle im Gleichklang bewegten, Krabben und Seeschnecken, Seeigel, Riesenmuscheln.

Ich schrak zusammen, als Pete mir auf die Schulter klopfte. „Du tagträumst schon wieder."

„Wieder? Wann hab' ich das je getan?"

„Als du von Roanna geträumt hast", sagte er spitzbübisch grinsend.

Ich fühlte, wie ich rot wurde. So geschmiert, wie die Klatschmaschine auf der Insel funktionierte, war es vermutlich überall herum, daß ich die ganze Nacht mit ihr verbracht hatte.

Es läutete zum Lunch, und die Kapitänin schwirrte mit den Gästen herab um die beladenen Tafeln. Die Speisen ähnelten denen, die auf dem Aylmer'schen Fest serviert worden waren, der heutige Schwerpunkt lag auf frischem Schellfisch und Salaten in allen Variationen. Ich hatte im Backofen Brot aufgebacken, und bei dem verlockenden Duft lief mir das Wasser im Mund zusammen. Pete, Tim und ich durften erst essen, wenn die Konferenzteilnehmer gespeist hatten und die Crew abgefüttert war.

Ich hielt mich in der Nähe des Buffets auf, arrangierte die Platten neu und entfernte leere, besorgte neues Brot, wenn es nötig war. Selbst hier war Farid Sabir von seinen Bodyguards umzingelt, obwohl ich mir gar nicht vorstellen konnte, was ihres Erachtens hier auf dem Katamaran passieren könnte, unter den Augen so vieler potentieller Zeugen und ohne jede Fluchtmöglichkeit. *Es sei denn,* dachte ich, *jemand schlüge vor, Tontauben zu schießen!*

Auf Fotos, die ich von Sabir gesehen hatte, wirkte er wie ein kleiner, schmächtiger Wicht, aber in Wahrheit machte er sehr viel mehr her, er hatte eine tiefe, volle Stimme, einen durchdringenden Blick, und er lächelte oft.

Einer seiner Leibwächter, ein massiger Kerl und so breit wie hoch, filzte mich mit den Augen, fixierte meine Brüste, dann entblößte er beim Grinsen eine Lücke zwischen den Schneidezähnen. Jetzt glitt sein Blick wieder an mir herab zu meinem Namensschild. Ich sah richtig, wie er *Denise* las. Tja!

Ich verdrückte mich hinter die Bar, um Pete beim Kaffee zu helfen. Ich stellte gerade Kaffee und Milchkännchen auf die Theke, als Harry Aylmer herüberkam. Er nickte Pete zu und sagte zu mir: „Denise, ich möchte Sie mal kurz sprechen."

Er deutete zum kleinen Deck hinter dem Mittelschiff. „Da draußen."

Weit und breit war niemand zu sehen, und ich stellte mir vor, wie Harry mich packte, hochhob und über Bord warf. Ich war eine gute Schwimmerin und könnte es womöglich schaffen, an Land zu kommen, sofern mich nicht vorher ein Hai verspeiste.

Er unterbrach meine Vorstellung und sagte: „Sie haben sich mit meiner Schwester angefreundet." Eine steife Brise fuhr in sein schwarzes Haar, und die Tolle gab ihm etwas nicht unangenehm Verwegenes.

Ich beschloß, ihm höflich, aber reserviert zu antworten: „Ja, das habe ich."

„Ich möchte nicht, daß Sie die Sache allzu ernst nehmen."

„Das werde ich nicht."

Er sah mich scharf an. „Es gab schon viele vor Ihnen, und es wird viele nach Ihnen geben."

„Ist in Ordnung. Wenn es mir an einem Ort langweilig wird, ziehe ich weiter."

Er nickte. Offenbar hatte ich das gesagt, was er hören wollte. „Gut, dann verstehen wir einander ja."

„Ich denke schon."

Harry lächelte mich so befriedigt an, daß ich ihm am liebsten ordentlich was auf die arrogante Nase gegeben hätte. Daß er mit der Frau, die ich die ganze Nacht in den Armen gehalten hatte, blutsverwandt war, fand ich kaum zu glauben. Ich blickte in sein Gesicht und nahm in der Augen- und Kieferpartie eine leichte Ähnlichkeit mit Roanna wahr. „Kann ich wieder hineingehen?" fragte ich.

„Natürlich." Er klopfte mir auf die Schulter, und ich wäre beinahe zusammengezuckt. „Gut", sagte er. „Gut."

Tim verdrückte sein Lunch, als die Crew den Katamaran an einer Stelle ankerte, wo das Riff seine Unterwasserpracht am besten entfaltete. Für diejenigen, die eine weniger abenteuerliche Besichtigung der Korallen und Meereskreaturen vorzogen, gab es ein kleines Boot mit Glasboden. Ich wünschte, ich könnte damit rausfahren und wie ein Gott auf die Korallenriffe in Purpur und Braun und Pastelltönen, auf die roten Krabben und die dicken Seeigel und die fragilen Seesterne herabblicken. Und auf die herrlichen tropischen Fische in ihrer unendlichen Farbenpracht.

Pete und ich aßen später in der Kombüse. Auch nachdem die anderen vor uns ihren herzhaften Appetit gestillt hatten, war die Auswahl noch immer reichlich, nur das Brot war leider ausgegangen.

„Jen hat gesagt, es gäbe eine Wirbelsturmwarnung", sagte ich.

Pete kaute und schluckte. „Warum sprichst du mich immer an, wenn ich gerade den Mund voll habe?"

„Halt ein gutes Timing, schätze ich."

„Ich wette, das kam dir letzte Nacht gut zupasse."

„Pete!"

Er nahm die Hände hoch. „Schon gut, schon gut. Das Thema ist tabu. Was den Wirbelsturm angeht, es tobt wirklich einer weit draußen über dem Pazifik, der könnte zu uns herüberkommen. Auf dem Weg hierher kann er sich wahrscheinlich austoben und sich bloß als tropischer Sturm entpuppen, aber ich würde sagen, daß es gewaltig schütten wird. Das Wetteramt nannte ihn Anthony. Kennst du irgendeinen Anthony?"

Zufällig kannte ich einen. Meinen einzigen ernsthaften Versuch mit der Heterosexualität machte ich als Teenager mit einem Anthony. Ich hatte die ganze Sache ziemlich gut eingefädelt und mir den Besten ausgesucht, als ich aber mit Anthony ins Bett ging und das weder Donner noch Blitz noch Sturm hervorrief, kam ich lediglich zu dem Schluß, daß diese Richtung doch nicht die meine war. Ich erinnerte mich, daß Anthony mit unserer Begegnung sehr zufrieden war, aber ich empfand es als reine Zeitverschwendung und sagte ihm das, Takt war damals nicht meine Stärke. „Ich kannte mal einen Anthony“, sagte ich. „Er hat meine beste Freundin geheiratet und ist Politiker geworden.“

„Da bist du ja noch mal davongekommen. Diese Politiker sind oft die Pest.“

Nachdem wir uns um die kleinen Erfrischungen gekümmert hatten, die für die Rückfahrt zur Stärkung der Gäste vorgesehen waren, blieb uns nichts mehr zu tun. Ich ging auf das schmale Deck hinaus, das das Mittelschiff umgab. Es war Ebbe, und fünfzig Meter vom Katamaran entfernt sah ich einige Leute auf dem Riff entlanggehen, das aus dem Wasser ragte. In der Nähe des Schiffs bemerkte ich Köpfe im Wasser, und Tim gab sein Bestes, um Neulingen die Grundregeln des Schnorchelns beizubringen, ehe sie sich den Wundern des Riffs zuwandten. Ein paar andere, offensichtlich Experten, ließen sich mit Sauerstofflaschen auf dem Rücken in die Tiefe gleiten. Ich sah, daß Harry Aylmer darunter war.

Jetzt hatte ich Zeit, über das, was Tim mir erzählt hatte, nachzudenken, und ich rief mir meine Begegnungen mit Cynthia Urquhart in Erinnerung. Als er ihren Namen erwähnt hatte, war ich verwundert, daß sie etwas mit

Sneads Tod zu tun haben sollte, aber angesichts ihrer sportgestählten, drahtigen Figur hatte ich keine Mühe, mir vorzustellen, wie sie Snead das Mundstück von den Lippen riß, es dann so außer Reichweite hielt, daß er nicht drankam, bis ihm die Luft ausging und er schließlich das Wasser in die Lungen atmen mußte.

Ich hatte währenddessen selbst die Luft angehalten und stieß sie mit einem tiefen Seufzer aus. Ertrinken hielt man allgemein für eine gute Art zu sterben, doch ich konnte nicht glauben. daß das stimmte. Meine Gedanken sprangen von einer Szene zur anderen. Vielleicht hatte Cindy gar nichts damit zu tun – Harry Aylmer war ein versierter Taucher, vielleicht hatte er ja Snead umgebracht.

Oder vielleicht hatte jemand die Flaschen manipuliert, die Snead getragen hatte, so daß er, sagen wir, Kohlenmonoxyd statt Sauerstoff einatmete. Dann wurde er ohnmächtig, ohne daß jemand in seiner Nähe war, verlor das Mundstück und atmete Wasser ein, ohne zu merken, wie sich seine Lungen füllten.

Mein Gott! Wieder hatte ich die Luft angehalten.

Ich sah in den Himmel, ob ich irgendein Anzeichen entdecken konnte, daß Anthony auf dem Weg zu uns war, um unser Inselparadies zu verwüsten. Am Horizont waren Wolken, doch über uns war der Himmel klar und blaßblau. Die Brise hatte aufgefrischt, und kleine weiße Schaumkronen kabbelten sich. Natürlich gab es keinen richtigen Wellengang. Östlich von uns tobte sich der pazifische Ozean am äußeren Wall des Barrier Reef aus. Nur bei großem Sturm würde das Wasser innerhalb des Riffs in hohen Wellen tosen.

Der Katamaran lichtete am Spätnachmittag den Anker und trat die Rückreise an. Die Wolken waren dunkler geworden und näherten sich, und noch ehe wir die Insel erreichten, hatten sie sich vor die Sonne geschoben.

„Es wird bald ordentlich blasen“, sagte Pete mit fachmännischem Seemannsblick.

Tim lachte ihn aus. „Das weißt du ja nur, weil du die Wettervorhersage gehört hast.“

„Der Sturm wird heftig, das sage ich dir“, versicherte Pete.

Ich glaubte ihm, als ich die weißen Schaumkronen auf den sonst so sanften Wellen innerhalb des geschützten Riffs heranrollen sah. Der Katamaran schnitt mit erstaunlicher Leichtigkeit durchs aufgewühlte Wasser. Die Passagiere waren stiller geworden, die meisten saßen da und unterhielten sich gedämpft, aber die ruhige Fahrt sorgte dafür, daß niemand, auch ich nicht, seekrank wurde.

Ich erinnerte mich, daß ich einmal als Kind auf dem Fischerboot meines Onkels mit hinausgefahren war und mir die Seele aus dem Leib gekotzt hatte, während mein Bruder mit dem Eisenmagen sich darüber amüsierte. Damals hatte ich den alten Scherz begriffen: *Wenn du richtig seekrank wirst, fürchtest du zuerst, sterben zu müssen. Dann fürchtest du, daß du es nicht tust.*

Als wir den Pier ansteuerten, tat mein Herz einen Satz. Roanna wartete dort, an der weißen Reling lehnend, das blonde Haar wehte ihr ins Gesicht.

„Ich erledige das hier“, sagte Pete. „Geh nur!“

Ich wartete, bis alle Passagiere von Bord gegangen waren, was nicht mehr eine so einfache Prozedur wie am Morgen war, denn der Katamaran hob und senkte sich auf den aufgepeitschten Wellen. Ich sprang, graziös hoffte ich, auf den Pier. „Hallo“, sagte ich.

„Selber hallo.“

Eine plötzliche Bö schlug uns entgegen. Roanna blickte zum Himmel auf, an dem sich drohende Wolken zusammengeballt hatten. Blitze zuckten am Horizont. „Es wird gleich schütten. Hast du gehört, daß es eine Wirbelsturmwarnung gibt?"

„Das klingt aufregend."

Sie lehnte sich an mich und flüsterte: „Sich im Sturm zu lieben, finde ich toll."

Mein Körper reagierte wie auf Knopfdruck. „Ich auch."

Roanna blickte an mir vorbei zum Katamaran, und ihr Lächeln erstarb. Ich drehte mich um und sah Harry an Deck stehen. „Hallo, Harry", sagte Roanna mit eisiger Stimme.

„Ro."

Ich sah von der einen zum andern. Die Spannung war greifbar, als hingen beißende Worte in der Luft.

Roanna nahm meinen Arm. „Komm mit."

Ich hatte das Gefühl, als spürte ich Harrys Starren wie einen Laser zwischen meinen Schulterblättern. „Was geht hier vor?"

„Nichts." Sie sah mich an. „Vermutlich hat Harry dich vor mir gewarnt, oder?" Ihre Stimme war hart vor Zorn.

„Nicht direkt."

Sie blieb stehen und blickte mich an. „Was heißt das?"

„Er hat mir gesagt, es hätte schon viele vor mir gegeben, und es kämen noch viele nach mir."

„Und daß ich dir das Herz brechen werde?" fragte sie sarkastisch.

„Das hat er nicht gesagt, aber es wäre durchaus möglich, daß du das könntest."

11

Irgendein Computerabsturz im Konferenzzentrum mußte behoben werden, damit die morgige Tagung weitergehen konnte, und Roanna wurde gerufen. „Ich weiß nicht, wie lange es dauern wird“, sagte sie.

Die Enttäuschung war wie ein Schlag. „Vielleicht muß ich ja mal früh schlafen gehen“, erwiderte ich.

Sie verzog die Lippen. „Das klingt nicht schlecht.“ Sie reichte mir eine Plastikkarte. „Die öffnet dir das Haupttor. Ich komme nicht später als neun, hoffe ich. Das Haus ist nicht abgeschlossen, warum gehst du nicht rein, wenn du fertig bist, ißt etwas, duschst, und ich komme, sobald ich kann.“

„Ich muß an meinen guten Ruf denken“, sagte ich. „Ich will nicht, daß du glaubst, ich wäre leicht zu haben.“ Ich blickte auf ihren Mund. „Ach, das ist nicht das Schlechteste. Gib mir die Schlüsselkarte.“

Jens Zimmer lag am Ende des Flurs gegenüber von meinem, und als ich heimkam, um mich umzuziehen, lief ich ihr über den Weg. „Hallo“, sagte ich, ohne stehenzubleiben. Ich hatte es eilig, in Roannas Haus zu kommen, ihren Duft zu schnuppern, mir ihre Bücher anzusehen.

„Den, könnten wir vielleicht miteinander reden?“

Auf den zweiten Blick sah ich zu meinem Schreck, daß sie verquollene Augen hatte. „Bitte, Den“, sagte sie mit einem kleinen Schluckauf.

Wie konnte ich eine solche Bitte abschlagen? „Zu dir oder zu mir?“ fragte ich und dachte sarkastisch, daß Jen und ich, aufgrund unserer Beziehung zu den Aylmer-Kindern, wahrscheinlich als erste abgehört wurden, wenn es das denn hier gab.

„Mein Zimmer ist näher.“ Sie schniefte.

Ihr Zimmer enthielt die Standardausstattung, genau wie meins. Das Mobiliar war das gleiche, das unvermeidliche Beige war allgegenwärtig, obwohl Jen mit einem bunten Läufer die Monotonie zu durchbrechen versucht hatte, und ich sah, daß ihr Deckenventilator nicht ganz so rachitisch aussah wie der Dinosaurier bei mir.

Ich betrachtete die Bücher und Zeitschriften auf ihrem Nachttisch, denn ich vertrat die Ansicht, daß das, was eine Person las, einige Aufschlüsse über sie gab. Jen hatte einen Liebesroman und einen Selbsthilfe-Ratgeber mit dem Titel *Wenn dein Mann nicht zuhört* da liegen. Die Zeitschriften befaßten sich mit Mode und Unterhaltung.

Jen zog ein Papiertuch aus der Schachtel und schnaubte sich lautstark die Nase. Sie zupfte vier weitere heraus, faltete sie zu einem Bausch, mit dem sie verzweifelt ihre Wangen betupfte. Sie setzte sich auf die Bettkante und deutete auf den beigen Plastikstuhl am Tisch.

Mal abgesehen von einigen anomalen Menschen, Filmstars im allgemeinen, macht einen die Heulerei nicht unbedingt attraktiver, und Jen sah leider aus, als hätte sie die Windpocken. Ihr Gesicht war mit roten Flecken übersät, ihre Nase knallrot angelaufen, und das Weiße in ihren Augen hatte sich in ein ganz ungewöhnliches Pink verwandelt.

„Jen, was hast du?“ fragte ich so mitfühlend wie eindringlich.

„Es ist Quint.“ Sie vollführte mit ihrem dürren weißen Arm eine wütende Geste. „Ich könnte ihn umbringen, Den! Wirklich, das könnte ich.“

„Wie schrecklich“, sagte ich. „Was hat er getan?“

Meine Frage provozierte einen neuerlichen Tränenstrom. Durch den Papierbausch konnte ich nur heraushören: „...und er hat's versprochen.“

„Was hat er versprochen?“

Jen versuchte, sich wieder einzukriegen, und streckte die Schultern. Dann räusperte sie sich und sagte: „Wir hatten Pläne. Quint hatte versprochen, sich ein paar Tage freizunehmen, und ich habe meine Schichten getauscht, um freizukriegen. Wir wollten heute abend aufs Festland fliegen und uns in ein Luxushotel einmieten und mal so richtig einkaufen gehen und all das. Es sollte so wunderbar werden, wir beide die ganze Zeit zusammen.“ Ihre Lippen zitterten.

Vermutlich hatte Quints Mutter, oder vielleicht auch Harry, Wind von den Plänen bekommen und ihnen ein Ende gemacht. „Was ist schief gelaufen?“

Jens Gesicht lief dunkelrot an, jetzt aber vor Wut. „Das Problem ist, ich bin ihm nicht wichtig genug. Wenn Quint sich *wirklich* etwas aus mir machen würde, hätte er nicht zugelassen, daß ihm irgendein blöder Geschäftstermin dazwischenfunkt.“ Sie blickte mich hilfesuchend an. „Nicht wahr?“

Nun interessierte mich jeder Geschäftstermin der Aylmers. „Das ist eine Affenschande“, unterstützte ich sie empört. „Man darf doch nicht so mit dir umgehen.“

Jetzt war sie richtig sauer. „Als er gesagt hat, daß wir nicht fliegen können, hätte ich, statt zu weinen, darauf bestehen sollen.“

„Wie hat er dir das begründet?“

Sie schüttelte ungeduldig den Kopf. „Irgend jemand kommt heute. Das ist ein großes Geheimnis, aber Quint mußte sich damit dicke tun.“ Mit dem Anflug von Einsicht fügte sie hinzu: „Weißt du, er gibt gern an. Es schien, als ob er eine wichtige Persönlichkeit erwarte, von der er mir nichts erzählen konnte.“

„Und wer ist diese mysteriöse Person?“

„Das weiß ich eben nicht genau. Quint sagte etwas von einem Wolf, einem roten Wolf. Ich hab' nicht so genau zugehört, weil ich mich bemüht habe, nicht zu weinen.“

Ich redete beruhigend auf sie ein, aber mein Herz raste. Roter Wolf. Der Deckname eines internationalen Terroristen, der seit fünfzehn Jahren Gebäude in die Luft sprengte und Attentate auf wichtige Persönlichkeiten verübte. Sein richtiger Name war nie bekannt geworden, und es gab nur ein einziges verschwommenes Foto von seinem Gesicht. Man war weit davon entfernt, ihn zu schnappen.

Ich brauchte unbedingt eine Bestätigung. „Bist du sicher, daß Quint einen roten Wolf erwähnt hat?“

„Ich glaube schon. Ich habe nicht genau zugehört. Quint sagte, es sei ein großes Geheimnis, und ich müßte ihm versprechen, es niemandem zu sagen.“ Sie lächelte mich wässrig an. „Tja, whoops! Jetzt hab' ich's dir erzählt, Den.“

„Ach, was soll's“, sagte ich.

Ich konnte nicht warten, bis mich Alice morgen kontaktierte, deshalb ging ich unverzüglich zu den Münzfernsprechern, die sich in der Nähe des Gemeinschaftsraums befanden. Es waren einige Leute dort, aber selbst wenn mich jemand belauschte, mußte ich um jeden Preis das Schweigen brechen, wenn die Möglichkeit bestand, daß Roter Wolf auf die Insel kam. Ich mußte das Risiko eingehen, daß die Telefone angezapft waren, deshalb war mir klar, daß ich alles vermasselte, sobald ich den Namen des Terroristen nannte.

Ich wußte, daß mein Telefonat automatisch aufgezeichnet wurde, also müßte ich verschlüsselt etwas sagen, woraus sich schließen ließ, daß der Meistgesuchte auf der Insel war. Aber das war nicht gut genug, also zerbrach ich mir vergeblich den Kopf, wie ich eine Bemerkung in das Gespräch einfließen lassen könnte, die ASIO auf den Namen Roter Wolf brachte. Die schrägsten Assoziationen fielen mir ein, was ich so alles einflechten könnte, wie Wolf in rotem Schafspelz, durch den roten Wolf drehen, sich auf den roten Steinen einen Wolf holen.

Ich wurde hysterisch, kein Zweifel, aber aus gutem Grund. Wenn ich unverblümt Roter Wolf sagte und das Telefon angezapft war, würde er sofort verschwinden und ich womöglich auch.

Das erste Telefon hatte keinen Ton, und ich wollte es gerade mit dem zweiten versuchen, als Seb mit einem Schild AUSSER BETRIEB um die Ecke bog. „Pech gehabt, Den. Sämtliche Telefone auf der Insel sind tot. Irgendein Problem mit der Leitung auf dem Festland."

Verdammt! „Hast du ein mobiles Telefon?"

„Ich lebe ohne, auch wenn's mir schwer fällt", sagte er mit süffisantem Lächeln. Vielleicht konnte er mir meinen Schrecken ansehen, denn er fügte hinzu: „Das muß ja ein äußerst wichtiger Anruf sein."

„Eigentlich nicht."

Ich ließ ihn mit seinem Schild stehen und kehrte in mein Zimmer zurück, wobei ich meine Möglichkeiten erwog. Am besten fände ich jemand mit einem Handy, das ich mir ausborgen konnte. Dann kam mir eine tolle Idee: Roannas Computer war über Satellit ans Internet angeschlossen, und sie war nicht daheim. Ich hatte gesehen, wie sie ihr Paßwort benutzte, also konnte ich mich einklinken und eine E-mail gleichzeitig an mehrere Schlüsselpersonen schicken. Diese ganze öde Zeit, die ich mir mit dem Einprägen von Kontaktinformationen um die Ohren geschlagen hatte, würde sich nun auszahlen.

Ich raffte ein paar Sachen zum Wechseln zusammen, meine Zahnbürste und den Kulturbeutel und wünschte, ich hätte einen Revolver. Ich sah auf die Uhr. Kurz nach sieben. Jetzt mußte ich mich beeilen. Ich machte die Tür auf, und vor mir stand Seb.

„Hallo", sagte er. Seine kompakte Gestalt verstellte mir den Weg, ich hätte mich an ihm vorbeiquetschen müssen, um aus dem Zimmer zu kommen.

Ich war in Eile, doch plötzlich erschien es mir nicht klug, ihn das merken zu lassen. „Seb", sagte ich lächelnd, „wie nett, dich innerhalb von zehn Minuten gleich zweimal zu sehen."

Er fixierte meine Schultertasche. „Wo soll's denn hingehen?"

„Ich hatte die Absicht, meinen Körper auf der Straße zu verkaufen", erklärte ich. „Nicht daß es hier viele Straßen gäbe – aber ich dachte, ich könnte beim Jitterbug herumhängen und auf das Beste hoffen."

„Viel Glück", sagte er lachend.

Doch er rührte sich nicht, also fragte ich: „Und womit kann ich dir weiterhelfen?"

Seb strich sich über das blonde Haar mit einer so merkwürdig harmlosen Geste, daß sie sofort meinen Verdacht erregte. Nicht *Seb.* Ausgerechnet ihm hatte ich vertraut, daß er der war, der zu sein er schien.

„Ich hab' mir gedacht, Den", sagte er, „daß doch viele Gäste ein Handy dabei haben. Wenn es dir wirklich wichtig ist, könnte ich herumfragen und eins für dich ausleihen."

Oscar Fallon. In meiner Panik hatte ich noch gar nicht an ihn gedacht. Es ging mir gegen den Strich, jemanden von der CIA um Hilfe zu bitten, aber wenn dies kein Notfall war, was dann? „Gute Idee, Seb. Da fällt mir ein Gast ein, der eines hat und immer sehr freundlich ist."

„Wer ist das?"

Sebs Gesicht wirkte offen und ehrlich, doch ich konnte ihm nicht trauen, weder ihm noch anderen. „Oscar Fallon", sagte ich. Es war den Versuch wert, denn wenn Seb mir half, den CIA-Mann zu finden, konnte ich ASIO viel schneller alarmieren.

„Leider Gottes, Den, da hast du auch kein Glück. Mr. Fallon hat die Insel verlassen. Ich weiß es, weil ich seine Koffer zum Flugzeug gebracht habe."

„Tja", sagte ich und warf die Hände hoch. „Es war ohnehin nur eine Sache des Schuldgefühls. Meine Mutter hat nämlich erwartet, daß ich sie besuchen komme, aber ich hab' sie versetzt und weiß, daß sie jetzt sauer ist."

Ich hörte förmlich die Geisterstimme meines Schulungsleiters: *Machen Sie's nicht so kompliziert.*

„Du weißt doch, wie das ist", fuhr ich fort. „Mütter haben halt das Talent, dir Schuldgefühle zu machen. Vielleicht rufe ich lieber doch nicht an. Das wäre bloß Wasser auf ihre Mühle."

„Du willst also nicht anrufen?“

„Nein, es bringt eigentlich nichts.“

Seb trat beiseite und ließ mich auf den Flur. Als ich an ihm vorbeiging, legte er den Arm um mich und drückte mich fest. „Paß auf dich auf“, sagte er.

Meine Gedanken eilten meinen Schritten voraus. Wenn Roter Wolf auf die Insel gekommen war, gäbe es entweder einen Orden für mich... oder ein totales Desaster. Und warum sollte ein Terrorist eigentlich auf die Aylmer-Insel kommen?

Ich rief mir ins Gedächtnis, welche Delikte man den Aylmers unterstellte. Was die nationale Sicherheit anbetraf, war das ein Alptraum: Paß- und Identitätsfälschung, Geldwäsche, Weitergabe hochbrisanter Informationen aus dem Wirtschafts- und Technologiesektor an internationale Rädelsführer und Aktivisten.

Schon seit längerer Zeit wurden die auf der Insel stattfindenden Konferenzen beobachtet, ohne daß Beweise, die vor Gericht standhielten, erbracht werden konnten.

Die Aylmers organisierten hochkarätige Tagungen für renommierte Unternehmen und Organisationen, aber daneben fanden auch Konferenzen mit handverlesenen Teilnehmern statt – mit Politikern, Bankern, politischen Schwergewichten.

Auftragsmord war nicht unterstellt worden – jedenfalls früher nicht. Die Erschießung Bellamys und dann das Ertränken von Snead schienen darauf hinzudeuten, daß sich die Vorgehensweise geändert hätte. War Farid Sabir das nächste Opfer?

Das erschien mir keine allzu große Herausforderung, die jemanden wie Roter Wolf verlocken könnte. Leibwächter oder nicht, ein Attentat auf einen politischen Führer war nicht so schwierig, wie die vielen Toten in den vergangenen Jahrzehnten bewiesen. Also war es etwas anderes...

Was für eine Zielscheibe würde ein Topterrorist lohnend finden? Eine Schlüsselpersönlichkeit, eine Figur, deren Tod von großer Tragweite wäre. Welche für die Welt bedeutsame Persönlichkeit besuchte gerade Australien? Verdammt, ich hätte besser aufpassen sollen, als all die Notizen über meinen Schreibtisch flatterten.

Grell zuckte ein blauer Blitz über den Himmel, fast unmittelbar darauf erfolgte ein ohrenbetäubender Donnerschlag. Ich war so in meine Gedanken vertieft gewesen, daß ich nicht bemerkt hatte, wie sehr sich das Wetter verschlechterte. Ein Regenguß peitschte mir ins Gesicht. Es war nicht kalt, doch der Wind hatte aufgefrischt und riß an den Palmwedeln.

Unten an der Auffahrt zum Aylmer'schen Anwesen hielt ich an, denn mir wurde klar, daß mich die Überwachungskameras erfaßten, sobald ich um die erste Kurve kam. Was jetzt? Ich wollte beim Reingehen nicht gesehen werden, aber die Schlüsselkarte von Roanna öffnete das Tor am Ende der Auffahrt.

Ich drehte die Plastikkarte zwischen den Fingern. Roannas Privatweg zum Meer war mit einem Eisentor versperrt, dort waren keine Kameras installiert, soweit ich mich erinnern konnte. Die Annahme, daß diese Schlüsselkarte auch dort paßte, lag auf der Hand.

Ich würde das Risiko eingehen. Der Regen war stärker geworden, große dicke Tropfen sammelten sich zu Rinnsalen am Boden. Wieder sah ich auf die Uhr. Fast acht. Ich joggte los. Es würde ziemlich knapp werden.

12

Als ich das Tor unterhalb von Roanna erreichte, hatte der Sturm beängstigende Stärke entwickelt. Blitze erhellten den Himmel, purpur-schwarze Wolken türmten sich über mir, und der pfeifende Wind drückte die Kokospalmen zu Boden wie Grashalme. Fast horizontal peitschte mir der Regen ins Gesicht.

Ich hantierte hektisch mit der Schlüsselkarte, wußte ich doch, daß es auf jede Minute ankam, und wenn ich zum Haupttor zurückrennen müßte, hätte ich vielleicht nicht mehr die Zeit, eine Nachricht zu senden, ehe Roanna nach Hause käme. Die Schlüsselkarte paßte. Der Wind riß das Tor auf. Ich warf mich mit aller Kraft dagegen, um es hinter mir zu schließen. Der Sturm war wie ein denkendes Wesen, eine gewaltige, heimtückische Kraft, die sich Luft, Wasser und Land unterwerfen wollte.

Ich stolperte den Pfad hinauf, Zweige schlugen mir ins Gesicht, und es war wie ein Spießrutenlauf durch die entfesselte Vegetation. Roanna hatte die Außenlampen angelassen, und sie blinkten mir wie Leuchtfeuer durch das gepeitschte Geäst. Ich hangelte mich an der Veranda entlang, die voller Blätter und abgerissener Zweige lag, und erreichte die Vordertür. Sie war unverschlossen.

Die Stille drinnen verblüffte mich. Ich war bis auf die Haut durchnäßt, und zu meinen Füßen entstand sogleich eine Pfütze. Ich rief Roannas Namen in der sicheren Annahme, daß sie nicht da war, aber in dem Gefühl, als wäre ich ein Eindringling, der ihr Vertrauen zu mißbrauchen gedachte. Zum Umziehen blieb keine Zeit. Ich trat aus meinen nassen Schuhen und ließ sie bei der Haustür, dann holte ich ein Handtuch aus dem Bad und rubbelte mich ab, damit ich nicht eine Tropfenspur hinterließ. Während ich mir die Haare frottierte, ging ich von Raum zu Raum, um ganz sicher zu sein, daß ich allein war.

Hinter den Strömen, die die Scheiben herabliefen, sah ich den von Lampen erhellten Pfad zum Großen Haus wie eine irritierende Lichterkette, die hinter den sturmgepeitschten Zweigen verschwand und wieder sichtbar wurde. Keine Roanna. Kein Harry oder Quint rannten herab, um zu fragen, was zum Teufel ich hier triebe.

Der Computer war eingeschaltet, der Bildschirmschoner verschwand vom Monitor, als ich die Maus berührte. Ich glitt auf den Stuhl und betätigte den Cursor. Ein gewaltiger Wind draußen warf sich gegen die Scheiben. Ich blickte über meine Schulter, bei diesem Getöse würde ich gar nicht hören, wenn jemand hinter mir auftauchte.

War die Satellitenschüssel sicher montiert? Der Sturm war so heftig, daß er sie abreißen und durch die Luft schleudern könnte. Oder vielleicht kappten Harry und Quint gerade mit einer Zange die Leitungen.

Es war nicht kalt, doch ich bibberte. Ich rief Roannas Internetprovider auf, gab ihr Paßwort ein, *Roanna*, und sah auf dem Monitor, daß sie eine E-mail hatte: Es war mir egal. Ich drückte auf den Befehl: *Neue Nachricht*.

Ich war so fixiert darauf gewesen hierherzugelangen, daß ich gar nicht überlegt hatte, was ich schreiben wollte. Wie wär's mit: *Hilfe! Roter Wolf ist hier, und ich werde nicht mit ihm fertig*. Das stimmte, war aber nicht das, was eine kühle, professionelle Agentin senden würde.

In das Adressenfeld tippte ich die ASIO-Kontrolle sowie jede ASIO-Person, die mir gerade einfiel, ungeachtet der Rangfolge. Mir blieb keine Zeit zur Überlegung, ob ich jemandem auf die Füße trat. Ich starrte auf den blinkenden Cursor am Anfang der Textzeile. *Höchste Gefahr* tippte ich. Das würde sofort alle Aufmerksamkeit auf sich lenken.

Toter Wolf schrieb ich und stöhnte über die offensichtliche Freud'sche Fehlleistung. Ich korrigierte zu *Roter*. Okay, mach's kurz und präzise.

Achtung: Roter Wolf auf Aylmer-Insel zu Gast bei Aylmers. Ich wiederhole: Roter Wolf. Mögliches Attentat auf hohe Persönlichkeit. Aktion dringend erforderlich. Subjekt kann jederzeit verschwinden. Diese Leitung ist NICHT sicher. E-mail NICHT beantworten.

Ich unterschrieb mit meinem Decknamen, der sich täglich um Mitternacht änderte. *Gypsum*. Morgen wäre er *Silica*.

Ich saß in meinen nassen Kleidern da und zitterte. Ich drückte auf *Senden*. Nach einem langen Augenblick erklärte der Monitor *Nachricht gesendet*.

Ich stieß einen tiefen Seufzer aus, dann wiederholte ich die ganze Prozedur. Beim zweitenmal fiel mir noch eine E-mail-Adresse ein, die ich hinzufügte – natürlich war es jemand, der eingeschnappt wäre, weil er beim erstenmal nicht dabei war, deshalb faßte ich die zweite Nachricht etwas anders ab und schickte sie in den Äther hoch droben über dem Sturm.

Ich zog die Schultern ein, als stünde bereits jemand hinter mir, rief die gesendeten Nachrichten auf und löschte den Hinweis auf meine E-mails. Hastig überflog ich die Nachrichten, die Roanna gesendet und empfangen hatte.

Mir fiel nichts daran ins Auge. Ich sah über meine Schulter. Da war niemand.

Ich hatte noch einiges zu tun, ehe Roanna zurückkehrte: den nassen Stuhl trockenwischen, den Fußboden, damit sie nicht sah, daß ich am Computer gewesen war; eine oberflächliche Untersuchung des Schreibtischs und der Aktenschränke; trockene Sachen anziehen; mich nach einem Revolver umschauen. Ich brauchte dringend eine Waffe...

Ich zitterte so sehr, daß meine Zähne klapperten. Zuerst umziehen. Ich hatte gerade verwaschene Jeans übergestreift und war im Begriff, mir eins von Roannas T-Shirts über den Kopf zu ziehen, während ich ins Wohnzimmer ging, als die Haustür krachend aufflog.

„Himmel nochmal!" rief Roanna, die mit einem Schwall Nässe hereingeweht wurde. „Es ist verdammt naß draußen."

Sie schüttelte sich wie ein Hund die Tropfen aus dem Fell, lachte mich an und war mit einem Schritt bei mir und küßte mich. Sex, Liebe – unmöglich daran zu denken, solange ein internationaler Terrorist nur ein Stückchen hügelan weilte. Mein Kopf funktionierte ganz klar an diesem Punkt. Mein Körper aber nicht. Meine Lippen öffneten sich bei ihrem drängenden Kuß von selbst.

Was blieb mir schließlich noch zu tun, dachte ich verschwommen. ASIO würde die nächste Polizeistation aufscheuchen, auch das Militär, Sondereinheiten der Abwehr würden schleunigst in Gang gesetzt, Flughäfen überwacht, die Küstenwache alarmiert und eine Abriegelung der Insel befohlen.

Was also konnte Denise Cleever, verdeckte Ermittlerin beim Geheimdienst, tatsächlich noch tun? Nichts außer mit dieser fantastischen Frau ins Bett zu gehen und darauf zu warten, daß die berittenen Truppen zu Hilfe eilten.

„Ich sterbe vor Hunger“, sagte Roanna. „Wie wär's mit Rühreiern?“

Mir lief das Wasser im Mund zusammen. „Spitzenmäßig. Ich fang' schon mal an, während du dich umziehst.“

Als sie in ihr Schlafzimmer verschwand, wischte ich hastig in der Computernische Stuhl und Fußboden trocken. Der Wind draußen heulte noch stärker, und der Regen prasselte mit solcher Wucht gegen das Fenster, als würde mit Steinen geworfen.

Ich war bereits in der Küche, als Roanna herauskam und sich das Haar kämmte. „Der Sturm wird dem Präsidenten die Tour vermasseln“, sagte sie.

Ich hielt im Quirlen inne. „Was für'n Präsident?“

„Hörst du denn keine Nachrichten? Der Präsident der guten alten US von A.“

Mir klappte wohl der Unterkiefer herunter, denn sie lachte und sagte: „Es ist ein Blitzbesuch. Er war in Neuseeland beim Wirtschaftsgipfel der pazifischen Staaten, und statt nach Hause zu fliegen, hat er seine Pläne geändert, um einen raschen Zwischenstop in Australien mit einer Tour in den Daintree Regenwald einzulegen.“

Das war nicht weit von der Aylmer-Insel entfernt. „Und wo ist er jetzt?“

Bei meinem eindringlichen Ton zuckten Roannas Augenbrauen hoch. „Ich wußte gar nicht, daß du ein Fan von ihm bist.“

„Nur ein bißchen interessiert.“

„Viel mehr kann ich dir nicht sagen. Vielleicht haben sie ja die ganze Sache abgeblasen, obwohl sich der Sturm nach der Wettervorhersage selbst auspusten soll.“

„Ach ja?“ sagte ich, als der Sturm sich jetzt mit voller Wucht gegen das Haus warf und es erschütterte.

„Wenn du willst, können wir uns die Nachrichten ansehen.“ Sie schaltete den Fernseher ein. „Mit der Schüssel kriegen wir ungezählte Programme.“

„Machst du bitte den Toast“, sagte ich und versuchte, ein Auge auf den Fernseher zu haben, während ich die geschlagenen Eier in die Pfanne gab.

Der Besuch des amerikanischen Präsidenten war der dritte Beitrag. Man zeigte ihn beim Golfspielen im Regen mit ein paar ausgewählten australischen Politikern, er grinste fröhlich, während seine grimmigen Bodyguards durchnäßt und mißgelaunt das Grün bewachten. Die überschäumende Stimme der Sprecherin plapperte weiter, wie sehr sich der Präsident für Golf begeisterte und wie entschlossen er war, sich durch die Unbilden des Wetters nicht von seinen Plänen abbringen zu lassen. Sein Ausflug in den Daintree Regenwald mit dem Premierminister fände auf jeden Fall statt, und wenn es noch so schütten mochte, erklärte sie mit bewundernder, warmherziger Stimme.

Das Licht flackerte und beruhigte sich wieder. Roanna grinste mich an. „Der Strom könnte ausfallen, aber keine Angst – ich bin sicher, daß wir uns im Dunkeln nicht langweilen werden.“

Ich lachte auch, doch meine Gedanken waren ganz woanders. Zweifellos würde ASIO zwei und zwei zusammenzählen und feststellen, daß der Rote Wolf es auf den Präsidenten abgesehen hatte. Ich versicherte mir, daß die Sicherheitsvorkehrungen für jeden Staatsmann, selbst in einem so sicheren Land wie Australien, enorm verschärft worden waren, trotzdem hatte ich das Bild des letzten

Anschlags vor Augen, den Roter Wolf eingefädelt hatte. Es war ein logistisches und technisches Meisterstück gewesen, und die Bombe hatte außer den beabsichtigten Opfern über fünfzig Menschen in der Umgebung getötet.

Es mußte auch keine Bombe sein. Dieser internationale Terrorist hatte sich der verschiedensten Techniken bedient und die Anschläge immer selbst überwacht, danach hatte er sich stets in Luft aufgelöst.

„Wenn du nicht rührst", Roanna deutete auf die Pfanne, „kriegen wir statt Rührei ein dickes formloses Omelette!"

Ich hörte nicht, wie die Tür aufging, ich spürte nur den nassen Windstoß. Ich drehte mich um, die Pfanne in der einen, den Holzlöffel in der anderen Hand. Mein Herz tat einen heftigen Satz.

„Hallo, Mädels", sagte Eddie Trebonus. Die Pistole in seiner Hand kam mir sehr bekannt vor. Eine stupsnasige doppelschüssige Smith & Wesson .38 Automatik. Praktisch, tödlich und effizient.

13

Eddie Trebonus drückte die Tür hinter sich zu. Wasser troff von seinem Gesicht, und seine Schwabbelfigur steckte in einem überlangen schwarzen Regenmantel, von dem sich Rinnsale auf den Fußboden ergossen.

Der Revolver war auf mich gerichtet, nicht auf Roanna. Ich blickte sie an. Sie schien erstaunt, dann wurde sie schrecklich wütend. „Was zum Teufel soll das, Eddie? Was spielst du hier? Wilder Westen? Nimm die Knarre weg."

Ich maß den Abstand zwischen Eddie und mir. Die Küchenbar war zwischen uns, um die mußte ich erst herum, dann hatte ich freie Bahn. Ich stellte die Pfanne ab, legte den Löffel hin und hatte sogar die Geistesgegenwart, das Gas abzudrehen, während ich stammelte: „Ich verstehe nicht."

„Natürlich verstehst du, Den." Er blies sich mächtig auf. „Du verstehst vollkommen."

Okay, wie würde Denise Hunter jetzt reagieren? Ich schob mich ein Stück weiter zum Ende der Bar und sagte zu Roanna: „Er wird uns nichts tun, oder?"

„Nicht wenn er leben will", sagte Roanna beißend.

Ich mußte unbedingt hilflos erscheinen, schwach. Eddie mußte abgelenkt sein, nur für einen Augenblick. Tränen hätten mir jetzt geholfen, doch meine Augen waren resolut trocken. Außerdem lag mir das Heulen und Betteln gar nicht, und ich mußte auch zugeben, daß ich vor Roanna nicht als totaler Schwächling dastehen wollte.

Ich schob mich einen Schritt weiter. „Bitte, Mr. Trebonus, Sie machen mir Angst."

„Mir machst du keine Angst, Eddie, du blödes Arschloch", sagte Roanna mit schneidender Stimme. „Scher dich raus, bevor ich meine Mutter anrufe und das hier außer Kontrolle gerät."

Er feixte. „Deine Mutter hat mich doch hergeschickt", sagte er. Dann wandte er sich mir zu. „Also, Den, ob es nett wird oder schlimm, das hängt ganz von dir ab."

Denise Hunter, wenn es sie denn gäbe, könnte nicht glauben, was ihr passierte. „Ich kann das nicht glauben", sagte ich. „Was habe ich Ihnen getan, Mr. Trebonus?"

Seine dicken Lippen verzogen sich zu einem Lächeln. „Ach, Süße, du kannst Eddie zu mir sagen." Seine nassen Schuhe quietschten, als er einen Schritt auf mich zu kam. „Wir werden richtig Bekanntschaft machen, noch ehe die Nacht vorbei ist."

„Jetzt reicht's!" rief Roanna wutrot. „Scher dich aus meinem Haus!"

„Vergiß es und halt die Schnauze, sonst wirst du was erleben."

Wenn Roanna das richtige Training hätte, wären wir zu zweit und könnten es zusammen mit ihm aufnehmen, ihn womöglich entwaffnen, ohne daß jemand verletzt wurde. Aber so wie es war, ging ich nicht davon aus, daß sie etwas von Selbstverteidigung verstand, deshalb war sie der Unsicherheitsfaktor, wenn ich mich auf Eddie stürzte, da ich nicht wußte, wie sie reagierte.

Das Risiko mußte ich eingehen. Ich konnte nicht sicher sein, daß Eddie allein bliebe, und wenn ihm jemand nachkäme, stünde es schlecht um mich. Ich holte tief Luft. In der Sporthalle hatten die Übungen, wenn wir einander auf die Matte warfen und entwaffneten, Spaß gemacht, jetzt haftete dem Manöver etwas Verzweifeltes an, das mir auf den Magen schlug und meine Hände schwitzen ließ.

„Verdammt, jetzt reicht's!“ Roanna ging auf Eddie zu, als wolle sie die Waffe von ihm fordern.

Der Schuß knallte absolut ohrenbetäubend. Meine Ohren dröhnten, als sei mein Kopf eine vom Hammer getroffene Glocke. Eddie hatte in den Boden geschossen, und Roannas Schritt war erstarrt.

Wimmernd schlug ich mir die Hände vors Gesicht. „Tun Sie uns nichts“, rief ich mit bebender Stimme. „Wir tun ja alles, was Sie sagen.“

Jetzt hatte ich die Bar umrundet. Ein paar Schritte, und er wäre mein. Seine Kehle, seine Augen, seine Eier. Meine Muskeln waren vor Zorn gespannt, der wie Feuer durch meine Adern schoß.

„Eddie, das ist ja Wahnsinn!“

„Halt's Maul, Ro.“

Bring ihn zum Reden. Welch ein Klischee, aber wie alle Klischees enthielt es ein Körnchen Wahrheit.

„Was soll ich eigentlich getan haben?“ fragte ich und rang die Hände. „Dies muß ein schrecklicher Irrtum sein. Sagen Sie mir, was es ist. Was soll ich getan haben?“

Eddie feixte befriedigt, wie sehr er mein Flehen genoß, war ihm anzusehen.

„Wir waren von Anfang an argwöhnisch“, erklärte er großspurig. „Du hast Fehler gemacht.“

„Fehler? Wieso? Ich verstehe nicht.“

Eddie nahm eine bequemere Haltung ein, um mir zu verklickern, wieso er so helle und ich so dämlich war.

„Dein erster großer Fehler war, mit Oscar Fallon Kontakt aufzunehmen.“

Ich war wie vom Donner gerührt. Ich hatte gar nicht gewußt, daß der Typ von der CIA war. Nur per Zufall hatte ich mit ihm gesprochen. „Wer?“ fragte ich.

„Tu nicht, als wüßtest du nicht, daß er CIA-Agent ist.“

„CIA?“ fragte ich völlig verblüfft mit schriller Stimme.

Roanna blickte zu mir, dann zu Eddie. „Was soll das alles?“

„Am Strand“, sagte Eddie, „hast du so getan, als würdest du dich mit einem Fremden unterhalten, nicht wahr? Tja, wir haben euch beobachtet.“ Er grunzte selbstzufrieden. „Fallon ist oben im Großen Haus, und er wird reden, genau wie du, es braucht nur etwas Überredung.“

„Mein Gott“, sagte Roanna, „das ist ja wie ein schlechter Film.“

„Halt endlich das Maul, Ro. Ich meine es ernst.“

Er hatte sich etwas entspannt, zwei schwache Frauen waren ja nicht schwer in Schach zu halten. Tief einatmen und...

Krachend flog die Tür auf. Quint stand auf der Schwelle, sein gelber Regenmantel tropfte, das nasse Haar klebte an seinem Kopf. Er hielt ein doppelläufiges Gewehr in den Händen. Ich fühlte, wie mir ein hysterisches Kichern im Hals saß. Das hier war tatsächlich wie ein schlechter Film.

„Scheiße, Eddie“, giftete Quint, „ich hätte wissen sollen, daß du nicht allein damit fertig wirst.“ Er funkelte Roanna an. „Du und deine verdammte Freundin. Mum hat dich bereits gewarnt.“

Er gestikulierte mit dem Gewehr in meine Richtung. „Los, los, zum Großen Haus, aber dalli, und wenn du Zicken machst, knall ich dich ab.“ Er lächelte verkniffen. „Du auch, Schwester.“

„Und wenn ich's nicht tue, erschießt du mich?" fragte Roanna ungläubig.

„Dich erschießen. Nein, verdammt. Aber ich polier' dir die Fresse, wenn's sein muß. Dies ist kein Spiel, Ro. Los, vorwärts."

Mit Quints Auftritt war Eddie zu einem zweitklassigen Früchtchen geschrumpf. Er hatte die Automatik sinken lassen und sah untröstlich aus. Ich dachte im Ernst daran, mir die Pistole zu schnappen, aber Quint beobachtete mich, in seinen Augen lag etwas Gemeines, der lange Doppellauf des Gewehrs glänzte im Licht. Plötzlich sah ich das Tontaubenschießen an jenem sonnigen Tag vor mir und hörte, wie Morrie Bellamy mit zerschossenem Schädel fiel.

„Du zuerst", sagte Quint zu mir, „Und versuch nicht wegzulaufen, denn das wäre das Letzte, was du tust."

Ich glaubte ihm. Er war gereizt, erregt, als wäre es eine Strafe, eine Frau vor der Flinte zu haben. Ich wartete, bis die Tür auf war und der Regen hereinprasselte, ehe ich etwas sagte. „Es regnet", erklärte ich, als sei die Vermeidung von Nässe im Augenblick das Wichtigste auf der Welt.

„Los, vorwärts."

Ich war barfuß und der Weg draußen von abgerissenen Ästen und Laub übersät. Wenn sich die Gelegenheit ergäbe, im Dunkeln zu flüchten, brauchte ich Schuhe an den Füßen. Ich zeigte auf meine nassen Schuhe neben der Tür und sagte in störrischem Ton: „Zuerst will ich meine Schuhe anziehen."

Quint grunzte irritiert. „Nun mach schon."

Die Schuhe waren kalt und schwer vor Nässe. Ich band sie mit klammen Fingern zu, dann stieß mich Quint in den Sturm hinaus. Ich marschierte vorneweg den Weg hoch, Quint stach mir alle paar Schritte den Gewehrlauf ins Kreuz. Durch die Wucht des Windes peitschte mir der Regen wie ein Sandstrahl das Gesicht. Aus dem Augenwinkel konnte ich sehen, daß Roanna ihrem Bruder folgte und Eddie ihr dicht auf den Fersen.

Ob jemand sprach, hörte ich nicht. Der Sturm toste wild, ein ständiges prasselndes Brüllen, unter dem der Boden zu erzittern schien. Mein Verstand arbeitete fieberhaft, während ich den Pfad hinaufstolperte: Sollte ich flüchten, einfach losrennen und auf das Beste hoffen? Oder Moreen Aylmer anflehen, mich gehenzulassen? Oder drohen, daß ASIO nicht ruhen würde, bis sie hinter Gittern säßen?

ASIO würde feststellen, daß mir etwas zugestoßen war, wenn ich Alice morgen nicht kontaktierte. Doch im Moment wußte niemand, daß ich eine Gefangene war, und selbst wenn, hätte es oberste Priorität, Roter Wolf zu schnappen.

Ein Zweig peitschte meine Wange. Ich war völlig durchnäßt, Jeans und T-Shirt klebten mir am Körper wie eine zweite Haut. Roanna, die auch keinen Regenschutz trug, mußte sich genauso elend fühlen wie ich mich. Ich trottete die Anhöhe hoch, der Gewehrlauf stieß mir in regelmäßigen Abständen in den Rücken, ich haßte die ganze Situation, trotzdem hatte ich es nicht eilig, ins Große Haus zu kommen, wo mich, wie ich fürchtete, etwas Schreckliches erwartete.

Wir kamen durch das Seitentor in den Hof, und das Toben des Sturms reduzierte sich augenblicklich auf eine akzeptable Lautstärke. Der Hof stand unter Wasser, und den Springbrunnen mit den Delphinen verdeckte ein grauer Regenschleier. Alles sah völlig anders aus als am Samstag.

Könnte ich das doch jetzt wieder erleben, die leise Musik, die sich unterhaltenden, lachenden Menschen, die sanfte Brise und Roanna in diesem schwarzen Kleid, gelassen, geheimnisvoll, unendlich begehrenswert.

Ich drehte mich nach ihr um. Sie starrte mich an, tropfnaß, aber kochend vor Wut. „Ich werde das alles klarstellen", sagte sie zu mir. „Keine Angst."

Quint lachte. „Klar doch, Ro. Du kriegst ja immer, was du willst, stimmt's?"

„Was ich will, ist lediglich, daß du auf der Stelle aus meinem Leben verschwindest, verdammt."

Quint runzelte die Stirn. „Harry möchte dich sehen." Er nickte Eddie zu. „Bring sie hin. Ich kümmere mich um dieses andere Luder." Er deutete mit dem Gewehr auf eine Tür. „Da hinein."

Ich gehorchte und tat völlig verängstigt. „Bitte, tun Sie mir nichts."

Wir befanden uns in einem langen, mit dickem Teppich ausgelegten Flur, plötzliche Stille umfing uns nach dem Tumult da draußen. Sorgfältig ausgeleuchtete Gemälde schmückten die Wände. In der klimatisierten Luft lag der Geruch von Geld und Privilegiertheit.

Moreen Aylmer erwartete uns in einem Raum, für den das Wort *elegant* viel zu plump war. Die Wände waren elfenbein, der Teppich weiß, das helle Mobiliar von so feinem Design, daß es etwas Unwirkliches hatte. Es bereitete mir ein heimliches Vergnügen, daß ich diesen makellosen Raum mit einer Wasserspur besudelte.

„Denise", sagte sie, als begrüße sie einen Gast, „kommen Sie herein."

„Das muß ein Irrtum sein“, sagte ich mit bebender Stimme und deutete auf Quint mit dem Gewehr. „Ich hab’ doch gar nichts getan.“

Ihr Gesicht verdüsterte sich. „Ist das Gewehr wirklich nötig, mein Lieber?“

„Ja, Mutter, das ist es.“

Sie zuckte vornehm die Schultern. „Nun ja.“ Ihr Blick kehrte zu mir zurück. „Ich fürchte, Sie sind sehr töricht gewesen, Denise, falls das Ihr Name ist.“

Ich machte ein völlig verwirrtes Gesicht. „Natürlich ist das mein Name. Wie denn sonst?“

Quint schnaubte. „Sie lügt natürlich. Ich könnte ihr mal etwas auf die Sprünge helfen.“

Moreen hob die Hand. „Ich bin sicher, das wird nicht nötig sein. Wenn Denise klar wird, daß sie uns nichts vormachen kann, wird sie bestimmt kooperieren.“

„Ich habe keine Ahnung, wovon Sie reden“, sagte ich und legte einen Anflug von Panik in meine Stimme. „Ich hab’ doch gar nichts getan. Lassen Sie mich gehen! Bitte!“

Damit erreichte ich nur, daß Moreen damenhaft die Zunge klickte, ihre Augen blieben steinhart. „Vielleicht hilft es Ihnen, wenn Sie wissen, daß Ihre Gespräche abgehört wurden.“ Und als ich sie leer anblickte, fügte sie hinzu: „Ihre Gespräche mit dieser Angestellten...“

„Jen“, bellte Quint. „Sie hat einen Namen. Sie heißt Jen.“

Auch wenn es noch so abwegig war, dachte ich doch, daß es Jen freuen würde, wenn sie wüßte, wie sehr Quint daran gelegen war, daß seine Mutter ihr Achtung zollte, selbst in Jens Abwesenheit.

„Mit dieser Angestellten“, widerholte Moreen und betonte das letzte Wort. Sie preßte die Lippen zusammen, dann fuhr sie fort: „Quint, hättest du der jungen Frau nicht sensible Informationen gegeben, wäre das nie passiert. Ich halte dich für alles verantwortlich."

„Verdammt!" Er schwenkte das Gewehr herum, so daß es direkt auf mein Gesicht zeigte. „Gib doch nicht mir die Schuld. Diese Zicke hat überall rumgefragt und -geschnüffelt."

„Ja", sagte Moreen. Sie sah mich an wie ein Ekeltier, das gerade unter einem Stein hervorkroch. „Sie haben sich eine Menge Ärger eingebrockt, meine Liebe. Zuerst die Kontaktaufnahme mit einem CIA-Agenten, dann haben Sie die Angestellten mit Fragen gelöchert, wie die kleine Vera, und Ihre Versuche, sich in meine Familie einzuschleichen... Das kann ich nun mal nicht verzeihen."

„Sind Sie denn alle verrückt geworden?" fragte ich eher gequält als wütend. „Bitte, lassen Sie mich gehen. Ich vergesse auch, was passiert ist. Versprochen."

Es war, als hätte ich nichts gesagt. „Daß Sie Roanna verführen wollten, ist unverzeihlich."

Ich hatte es satt – bis obenhin. „Warum?"

„Was wissen Sie über Roter Wolf?" konterte Moreen Aylmer. Da war mir schlagartig klar, daß ich hier nicht lebend rauskäme. Sie hatte den Namen des Terroristen genannt, und selbst eine der Spionage unverdächtige Denise Hunter würde sich an diese Frage erinnern und sie wiederholen. Es lief mir kalt den Rücken runter, als mir aufging, daß es ihnen gar nichts ausmachte, mich jetzt zu foltern, denn ich würde ohnehin umgelegt, sobald sie zu dem Schluß gelangten, ich hätte ihnen alles gesagt, was ich konnte.

Und Roanna? Was würden sie mit Roanna tun? Sicher würden sie sie nicht umbringen. Ein schrecklicher Gedanke beschlich mich – Roanna als Teil der Konspiration, die sich genauso als Opfer ausgab und darauf wartete, mit mir allein zu sein, damit ich ihr alles sagte und nicht den Verdacht hegte, daß sie als erstes zu den Aylmers gehörte und zu mir überhaupt nicht. Vielleicht trank sie gerade heißen Kaffee und lachte sich mit Harry kaputt, wie fein sie alle mich reingelegt hatten.

Könnte ich doch nur für zehn, zwölf Stunden am Leben bleiben. Dann wäre es nicht mehr nötig, mich umzubringen, es wäre nur ein weiteres Verbrechen, dessen man sie anklagen würde.

„Bitte", sagte ich. „Sie halten mich für jemand anders. Sie irren sich. Ich bin bloß *ich*."

„Roter Wolf", sagte Moreen. „Der Name hat –" sie starrte zu ihrem Sohn – „Jen nichts gesagt, aber Ihnen."

Ich schüttelte wie betäubt den Kopf.

„Und nachdem Sie den Namen gehört hatten, haben Sie verzweifelt ein Telefon gesucht, so verzweifelt, daß Sie Sebastian Bennett gebeten haben, ein Handy für Sie aufzutreiben, als Sie entdeckten, daß die Apparate nicht funktionierten."

Seb. Schade, dachte ich mit Bedauern, ich hatte ihn für einen Freund gehalten. „Ich wollte meine Mutter anrufen", sagte ich. „Das ist alles." Ich sah Moreen Aylmer in die Augen und warf verzweifelt die Hände hoch. „Das ist ein Alptraum", sagte ich und klang den Tränen nahe.

Hinter mir lachte Quint leise. „Du hast keine Ahnung von nichts."

„Sei still, Quint." Er schwieg. „Jetzt seien Sie mal vernünftig, Denise. Sagen Sie uns, was Sie wissen, und dann ist Schluß. Vermutlich haben Sie irgendwo eine Nachricht versteckt. Die brauchen wir. Und wir müssen natürlich wissen, mit wem Sie alles gesprochen haben." Sie wandte sich an ihren Sohn: „Jen ist kein Problem, ich verlasse mich darauf."

„Kein Problem", antwortete er hastig.

„Sebastian kann sich erkundigen, ob Denise irgendwelche wilden Geschichten verbreitet hat. Mich beunruhigt dieser Barkeeper, Pete. Überprüf ihn genau. Sie scheinen sehr befreundet zu sein, und er verbringt Zeit mit Roanna."

„Roanna!" sagte Quint verächtlich. „Sie redet zuviel und mit zu vielen Leuten."

Seine Mutter bedachte ihn mit eisigem Blick. „Und *du* nicht?" Sie wandte sich wieder an mich: „Und Sie haben mit dieser Privatdetektivin gesprochen, Biddy Gallagher. Was haben Sie ihr gesagt?"

„Gallagher ist eine Säuferin", sagte Quint. „Niemand würde etwas drauf geben, egal was die sagt."

„Vielleicht, aber sie interessiert sich zu sehr für Lainie Snead. Auch Sie haben versucht, mit Lainie in Kontakt zu treten, nicht wahr?" fragte sie mich vorwurfsvoll.

Ich fühlte mich verletzt. Sie hatten mich beobachtet und abgehört. Ich hatte zwar den Verdacht gehabt, daß ich beobachtet würde, aber es war mir irgendwie nicht ganz real erschienen. Ich war sicher, daß es angefangen hatte, als Roanna sich für mich interessierte. Ich unterdrückte den fast überwältigenden Impuls, diesen beiden Verbrechern zu sagen, was ich von ihnen hielt, und antwortete demütig: „Als ich sah, wie verstört Mr. Sneads Witwe war, habe ich nur etwas Nettes zu ihr gesagt, es war ja so schrecklich, was mit ihrem Mann passiert ist."

„Lainie redet bestimmt nicht", sagte Quint im Brustton der Überzeugung. „Ich habe ihr klargemacht, daß jeder

Versuch, das Hotel zu verklagen, unvermeidlich ihre Liebsten und Nächsten in Mitleidenschaft ziehen würde." Er lachte kurz auf. „Ich war sehr überzeugend. Lainie hat vollkommen verstanden."

Hinter mir ging die Tür auf. Ich setzte zum Sprung an, um mir die veränderte Situation zunutze zu machen, aber Quint nahm den Blick nicht von mir und zielte weiter auf mich.

„Der Wind läßt nach", sagte George Aylmer.

Wie es Denise Hunter täte, drehte ich mich zu ihm und flehte ihn an: „Mr. Aylmer! Bitte! Können Sie mir helfen? Hier liegt ein Mißverständnis vor."

Er ignorierte mich und richtete seine ungeteilte Aufmerksamkeit auf seine enorme Frau. George Aylmer wirkte weder verschlagen noch hart. Er war bloß ein etwas gebeugter Mann mittleren Alters, dem der Sturm sichtlich Ungemach bereitete. „Moreen? Wie siehst du unsere Chance, es bei diesem Wetter bis zum Festland zu schaffen? Ich würde unseren Gast gern so bald wie möglich loswerden."

Im ersten Moment dachte ich, daß er mich mit dem *Gast* meinte, doch er meinte natürlich Roter Wolf.

„Der Katamaran kann mit sehr hohem Seegang fertigwerden", antwortete Moreen beißend. „Sag unserem Gast, daß Quint in fünf Minuten dort sein und ihn zum Dock bringen wird."

Sie blickte auf ihre Uhr, ein schmales goldenes Schmuckstück, das zweifellos sehr kostbar war. „Es bleibt noch genügend Zeit, das Projekt durchzuführen."

Das Projekt war mit Sicherheit der Anschlag auf den Präsidenten. Aber mich beruhigte mein Wissen, daß meine Warnung vor dem Roten Wolf eine umgehende Änderung präsidialer Pläne zur Folge hätte und der Besuch abgebrochen würde, so daß sich das Ziel des Roten Wolfs auf dem Weg zurück in die Staaten befände. Das heißt, sofern meine E-mail empfangen worden war. Sofern sie sie nicht...

Endlich schien George Aylmer doch noch zu bemerken, daß ich im Raum war. „Was werden wir mit ihr tun?"

„Eddie hat Ro zu einem kleinen Tête-a-tête zu Harry gebracht", sagte Quint, „aber ich bin sicher, daß Eddie sich mit Freude ein wenig um Denise kümmern würde." Er grinste mich fröhlich an. „Er wird dich zum Reden bringen. Du wirst darauf brennen, ihm alles zu sagen."

Ich blieb stumm, ein Bild des Entsetzens und der Verwirrtheit, so hoffte ich. Ich hegte nicht den geringsten Zweifel, daß sie mich umbringen wollten, denn sonst hätten sie in meinem Beisein nicht über Roter Wolf und seine Pläne gesprochen. Sie würden mich schlagen oder Schlimmeres tun, bis ich ihnen alles gesagt hatte, was ihnen wichtig war, und dann würde ich eliminiert. Und mit welcher Geschichte würden sie das vertuschen? Ich sei ins Meer gespült worden? Praktisch bis zur Unkenntlichkeit auf die Korallen geschleudert? Oder vielleicht würde mein Leichnam ja gar nicht gefunden.

Die Wut gab mir Kraft, sie richtete mich derart auf, daß ich wußte, ich würde bei der ersten Gelegenheit agieren. Ich würde nicht einfach so sterben. Ich hätte zumindest eine Chance, und die würde ich ergreifen. Wenn das nicht klappte, wäre ich jedenfalls gleich tot. Auf diese Weise entginge ich einer langsamen Folter mit anschließender unvermeidlicher Exekution.

Moreen ging zum Tisch und drückte eine Taste der Sprechanlage. „Harry? Schick sofort Eddie hierher. Quint wird unseren Gast zum Festland bringen. Behalte Roanna bei dir. Ich will selbst mit ihr reden, etwas später." Ihr Ton machte klar, daß diese Unterhaltung nicht sehr gemütlich ausfiele.

George verließ das Zimmer, ohne mich noch einmal anzusehen. Quint trat von einem Fuß auf den anderen, den Blick auf mich geheftet. „Du weißt genau, daß der Katamaran sicher ist?" fragte er seine Mutter. „Es ist verdammt rauh da draußen."

„Die Kapitänin ist eine Expertin. Deshalb habe ich sie engagiert."

Quint verzog die Schultern, die Überfahrt war ihm sichtlich unangenehm. „Sehr weit ist es vermutlich nicht."

„Du wirst nicht an der üblichen Stelle landen, Quint. Da ist es nicht besonders sicher, und das weißt du." Sie klang, als sei sie von ihm enttäuscht, und er reagierte mit trotziger Miene. „Die Kapitänin hat die Anweisung, ein ganzes Stück die Küste herunterzufahren und unseren Passagier an einer verlassenen Werft abzusetzen, wo er abgeholt wird. Dort endet unsere Verantwortung."

Ich fühlte, wie meine Schultern sackten. Es gab weder Zeit noch Leute genug, jede Landemöglichkeit an diesem Teil der Küste von Queensland zu überwachen. Es wäre genau wie immer: Roter Wolf würde entschlüpfen und sein Mythos, der ihm so viele radikale Sympathisanten zuführte, noch größer werden.

Verdammt, dachte ich. *Nicht ich. Ich bin schließlich keine Heldin, daß ich etwas dagegen tue, kann niemand von mir erwarten.* Außerdem – was konnte ich schon tun? Falls ich meinen Entführern entkam, gedachte ich mich zu verstecken, bis die Polizei auf der Insel eintraf und die Bande dingfest machte.

Identifiziere den Feind! flüsterte mir mein Schulungsleiter ins Ohr. Bei diesem Rat nickte ich fast. Wenn ich das Gesicht des Roten Wolfs sehen könnte, auch nur für einen Moment, und seine Größe, sein Gewicht schätzen könnte, vielleicht sogar seine ethnische Abstammung, hätte ich handfeste Informationen, anhand derer man ihn zur Strecke bringen könnte.

Eddie kam herein, die Smith & Wesson noch immer in seiner rechten Hand.

„Dann verabschiede ich mich", sagte Quint. „Wir werden uns nicht wiedersehen."

14

Vielleicht hatte ihm Quint ein paar Tips gegeben, wie man mit Geiseln umgeht, denn Eddie Trebonus hielt sich von mir fern, der tödliche Lauf der schwarzen Automatik blieb fest auf meinen Bauch gerichtet. Er hatte seinen flatternden schwarzen Regenmantel abgelegt, darunter trug er ein schrilles Hawaiihemd und eine zerknitterte braune Hose.

„Bitte nach Ihnen", parodierte er den guten Ton.

Ich sah, wie Moreen Aylmer auf den Dreck starrte, den Eddies nasse Schuhe hereingetragen hatten. „Also vorwärts", sagte sie, um ihn von ihrem weißen Teppich zu bekommen.

Draußen im Hof hatte der Regen fast aufgehört, aber der Wind tobte weiter. „Wo ist Roanna?" fragte ich.

„Schnauze!" erwiderte er ungerührt.

Ich schwieg. Ich würde Eddie entkommen oder bei dem Versuch sterben, und zu sterben konnte ich mir nicht vorstellen. Das Blut rauschte in meinen Adern, und ich fühlte mich wie eine Sprinterin vor dem Start.

Er deutete in die Richtung, in die ich gehen sollte: aus dem Hof hinaus und auf ein paar fensterlose Gebäude zu, die vielleicht mal zur Vorratshaltung gedient hatten.

Mit lauter Stimme übertönte ich den Sturm: „Werden Sie mir etwas antun?"

„Schätzchen, ich werde dich dazu bringen, daß du dir die Lunge aus dem Leib schreist."

„Und ich dachte, Sie mögen mich."

„Oh, das tu ich. Ich werde dir zeigen, wie sehr."

Ich hielt an und drehte mich um. Er hatte den Kopf keck geneigt und den Mund zu einem geilen Grinsen verzogen. Ich bemerkte den Ständer in seiner Hose. Gewalt gegen eine hilflose Frau törnte Eddie offensichtlich an.

Er fuchtelte mit der Pistole. „Los, weiter." Als ich mich wie ein aufgescheuchtes Huhn umblickte, gluckste er: „Gib dir keine Mühe, mir entkommst du nicht."

Ich tat ein paar Schritte, dann stolperte ich und fiel auf die Nase. „Ich hab' mir das Knie verletzt."

Eddie stand über mir, genau da, wo ich ihn haben wollte. „Steh auf", sagte er.

Ich drehte mich wimmernd herum, bis ich mich auf meinen linken Ellbogen stützen konnte, mein rechtes Bein war angezogen. „Ich glaube nicht, daß ich aufstehen kann."

„Verdammtes Aas", sagte er und holte mit dem Fuß aus.

Ich versetzte ihm mit gestrecktem Bein und voller Wucht einen Tritt gegen die Kniescheibe, er war wie ein Hammer. Ich hörte die Knochen brechen. Der Wind trug seinen Schrei davon, als er zu Boden ging, die Waffe fest in der Hand.

Ich kam hoch, schneller als ich denken konnte, schneller als je zuvor im Training, total auf die Pistole fixiert. Eddies Gesicht war schmerzverzerrt, doch seine Wut auf mich war stärker, er wollte mich umbringen für das, was ich ihm angetan hatte. Wie in Zeitlupe schwenkte er die Waffe in meine Richtung. Mein zweiter Tritt, in den ich meine ganze Kraft legte, zielte auf sein Gesicht. Ich traf ihn sauber über der Oberlippe und aufs Nasenbein. Ich spürte den Stoß durch meine nassen Schuhe hindurch bis ins Schienbein hinauf. Man hatte mir diese Übung viele Male gezeigt, aber ich hätte nie gedacht, daß ich je davon Gebrauch machen würde, denn bei perfekter Ausführung würden die Knochensplitter ins Gehirn getrieben.

Eddie fiel nach hinten, stöhnte auf, einmal nur. Seine Finger lockerten sich und die Automatik glitt langsam auf die nasse Erde.

Mir blieb keine Zeit, nach einem Versteck zu suchen, also zerrte ich Eddie mit größter Mühe hinter die nächsten Büsche. Ich kniete nieder und fühlte am Hals nach seinem Puls. Ich konnte ihn nicht finden. Ich setzte mich in die Hocke und sah in sein erschlafftes Gesicht. Von den Büschen lief ihm das Wasser in die halb offenen Augen, aber natürlich blinzelte er nicht. Eddie würde nie wieder blinzeln.

Ich hatte noch nie jemanden getötet, trotzdem fühlte ich nichts. Der einzige Gedanke, der mir durch den Kopf taumelte, war, daß Eddie Trebonus seinen letzten Cocktail bestellt hatte.

Ich war wie das weiße Kaninchen bei Alice im Wunderland, immer in Eile, nie hatte ich Zeit. Ich rannte wie das besagte Kaninchen zum Dock hinunter, wo ich den Katamaran noch am Pier vertäut vorzufinden hoffte. Meine Hand umkrampfte Eddies Pistole, das tödliche Gewicht war beruhigend.

Äste und Blätter schwirrten herab, aber der Regen hatte aufgehört, jedenfalls im Moment. Doch der Wind heulte, als klagten die Todesfeen um Eddies Seele. Mich schauderte. Vielleicht würde es mich hart treffen, daß ich ihn getötet hatte, wenn ich erst darüber nachdenken könnte.

In diesem kurzen Augenblick bei Eddies Leiche hatte ich an Oscar Fallon gedacht. Hätte ich gewußt, wo er war, hätte ich ihn zu befreien versucht, da zwei von uns mehr Chancen hatten als eine. Aber die Suche nach Fallon hätte mich wertvolle Zeit gekostet und das Risiko verstärkt, wieder geschnappt zu werden. Außerdem wußte ich nicht, in welchem Zustand er war. Vielleicht war er tot. Es war besser, den Katamaran zu erreichen.

Ich rannte an Roannas Häuschen vorbei, dessen Lichter noch immer gemütlich brannten. Drinnen wäre es warm und trocken, und die Pfanne mit den gestockten Eiern stünde noch auf dem Herd. Seltsamerweise versuchte ich mich zu erinnern, ob Roanna mit dem Toast angefangen hatte, ehe Eddie durch die Tür gestürmt war.

Dann hatte ich das Sicherheitstor hinter mir gelassen und rannte den Privatweg hinunter, den Roanna und ich in der Sonne gewandert waren. Das schien Wochen, ja Monate her, dabei waren es gerade zwei Tage. Ich verringerte mein Tempo, als ich an die Küste kam, im Schatten des kleinen Ladens für Taucherbedarf hielt ich an, um Atem zu schöpfen. Die Wellen waren gewaltig und peitschten den Strand hoch, zischend bis oben in die Grünanlagen.

Erleichtert sah ich, daß der Katamaran noch immer angedockt war, vorn und hinten fest vertäut, bäumte er sich heftig auf den mächtigen Wellen auf. Der Bug war dem Meer zugewandt. Am Pier brannte nur eine einzelne Lampe auf einem schmiedeeisernen Laternenpfahl, das Licht tanzte im stürmischen Wind.

Niemand war da, der mich gesehen hätte. Ich konnte

die Lichter des Hotels durch die schlagenden Äste blinken sehen. Die Gäste würden in ihren Zimmern kauern, vielleicht mit anderen zusammengepfercht, die ihre Bungalows am Strand verlassen mußten, die jetzt im Salzwasser standen. Plötzlich sah ich mein nüchternes, kleines beiges Zimmer mit der Einheitsmöblierung vor mir und wünschte aus tiefstem Herzen, dort zu sein, in Sicherheit, und mir um nichts Sorgen zu machen, außer meiner nächsten Schicht im Tropical Heat.

Ich hatte mich dem Anfang des Piers genähert, als jemand vom Schiff kam. Es war die Kapitänin. Ihr Regenmantel wehte im Wind. Quint Aylmer folgte ihr, heftig gestikulierend. Sie drehte sich auf dem Absatz um, deutete erst aufs Meer, dann zum Himmel. Die Wellen waren riesig, rollten heran und brachen sich heftig am Katamaran. Ich konnte begreifen, warum die Kapitänin es nicht riskieren wollte. Ich hatte die feige Hoffnung, daß sie es doch täte, daß vielleicht das Schicksal die Sache in die Hand nahm. Der Katamaran würde sinken und Roter Wolf sein Leben im seichten tropischen Meer aushauchen, also brauchte ich mir keine Sorgen zu machen, daß ich ihn nicht daran gehindert hätte, die Insel zu verlassen.

Ich duckte mich hinter die Poller des Piers. Das wilde Wasser brandete unter die Planken, schlug auf den Strand und spülte ihn unter mir fort, so schien es mir, daß ich mich nur mit Mühe fortbewegen konnte. Auf der dem Katamaran abgelegenen Seite des Piers war ein flacherer Anleger für kleine Boote angebaut worden. Wenn ich mich dort entlang bis nach vorn zu den Stufen des großen Piers robben konnte, wäre ich dicht beim Katamaran und könnte vielleicht etwas sehen. Ich steckte die Pistole in den Bund meiner Jeans – Roannas Jeans. Ich hatte das

Magazin überprüft: acht Kugeln und eine in der Kammer. Neun Schüsse insgesamt. Mit einer solchen Bewaffnung würde ich keinen richtigen Krieg anfangen.

Hatte mich erst der Regen durchnäßt, war es jetzt der salzige Ozean. Ich watete durchs hüfthohe Wasser, das mit beängstigender Intensität anrollte. Es warf mich gegen den Poller, spülte mich fast unter den Anleger, aber ich klammerte mich fest, Schritt für Schritt tastete ich mich vorwärts, bis ich die erste glitschige Stufe zum Pier erreichte. Auf Händen und Knien kroch ich nach oben, überaus dankbar, den tosenden Fluten entstiegen zu sein, meine Augen tränten von der stechenden Gischt.

Auf der obersten Stufe machte ich mich so flach, wie ich konnte, und blinzelte über die Kante. Ganz in der Nähe stritten sich Quint und die Kapitänin. Durch den Sturm konnte ich einige Wortfetzen aufschnappen: „...zu hoher Seegang. Es wäre Selbstmord, wenn..."

Quint, Gottseidank ohne Waffe, brüllte sie an: „Wir fahren! Sie haben gar keine Wahl!"

Dann sprang ein Mann, klein, unscheinbar, vom Katamaran und kam auf die Streitenden zu. Er trug eine Baseballkappe und schwarze Kleidung. Die Kapitänin wich zurück wie vor einer bedrohlichen Gestalt.

Und das war er natürlich auch – Roter Wolf.

Angestrengt fixierte ich sein Gesicht, doch im diffusen Laternenlicht über ihm warf der Schirm seiner Kappe einen dunklen Schatten auf seine Züge. Die Pistole hing schwer in meinem Hosenbund. Ich war nahe genug, um einen gezielten Schuß abzufeuern. Mich erfaßte ein so starkes Zittern, daß meine Zähne klapperten. Ich hatte heute nacht schon einen Menschen getötet. Dies war ja kein Film, in dem Helden die Bösewichter reihenweise umnieten. Im Augenblick war ich nicht einmal sicher, daß ich den Hahn spannen könnte, von Zielen ganz zu schweigen.

Die Auseinandersetzung war beendet; die Kapitänin sprang auf den tanzenden Katamaran, gefolgt von den beiden Männern. Ein paar Augenblicke später erschienen Quint und ein Bootsmann, beide hielten eine Machete in der Hand. Über die brüllende Brandung hinweg hörte ich die Maschinen aufheulen, eine Qualmwolke stieg hoch. Quint begab sich zum Bug, der andere nach achtern und gab das Kommando. Gleichzeitig kappten sie die Taue. Der Katamaran kämpfte schwer gegen die rollende See, die Maschinen dröhnten, Schaumkronen schwappten über das Deck. Ich sah, wie Quint und der Bootsmann sich an der Reling entlang nach drinnen hangelten.

Ich hatte *die* Gelegenheit verpaßt, die ich nach Meinung jedes Geheimdienstes der westlichen Welt hätte ergreifen müssen. In diesen paar Sekunden hätte ich einen Massenmörder exekutieren können, einen Mann, der in der ganzen Welt Terror gesät hatte. Eine Welle der Scham befiel mich.

Kaum war mir bewußt, was ich tat, oder warum, doch als der Katamaran sich schließlich doch vom Pier zu lösen begann, sprang ich aus meinem Versteck. Das schwarze Wasser toste unter mir, und dann machte ich einen Satz, glitt aus und fiel auf das schmale Seitendeck des Katamarans, ein Schmerz durchzuckte meinen Ellbogen, als er auf die Reling aufschlug.

Es schien unmöglich, daß mich niemand gesehen hatte, aber niemand erschien und bedrohte mich. Auf den Knien im Wasser liegend, riß ich die Pistole aus dem Hosenbund. Ich verwarf den Gedanken, daß die Waffe üblicherweise mit beiden Händen zu halten sei, denn bei dem glitschigen Untergrund brauchte ich mindestens eine Hand zum Festhalten, damit ich nicht über Bord ins gierige Wasser gefegt wurde.

Ich blickte zurück. Die Laterne am Pier verschwand in der Dunkelheit, als das Schiff Fahrt aufnahm. Vor mir führte eine spärlich beleuchtete Treppe zur Brücke. Dort befände sich Roter Wolf mit den anderen, alle darauf bedacht, den Wellen nur ja keine Breitseite zu bieten, sondern den Bug direkt in die Brecher zu richten.

Ich schaffte es zu der Eisentreppe und schlug mir an der untersten Stufe das Knie an, als der Katamaran in ein Wellental abtauchte und mir der Boden unter den Füßen weggerissen wurde. Ich kroch die Treppe hoch, mit der linken Hand hielt ich mich fest, die rechte umklammerte die Pistole. Wegen der Sicht war die Brücke von Fenstern umgeben, doch jetzt schwappten das Wasser und die Gischt darüber hinweg. Wie ein ausgesetztes Kind im Sturm starrte ich in den erleuchteten Raum – und sah zum erstenmal klar sein Gesicht.

Breitbeinig stand er neben der Kapitänin, und es fiel ihm offensichtlich nicht schwer, auf dem tanzenden Schiff das Gleichgewicht zu halten. Er hatte die Kappe abgelegt, und durch das nasse Glas ein wenig verschwommen, wirkte er ganz normal, gewöhnlich, ein Gesicht wie tausend andere.

Einfach nur ein Mann, glattrasiert, undefinierbaren Alters oder Nationalität. Jedermann, entschlossen, das Gefüge der politschen Welt zu zerstören.

Ich starrte den Roten Wolf an, prägte mir sein Gesicht ein, als handle es sich um einen Observierungstest. Quint stand neben ihm, und das bot mir einen Anhaltspunkt zur

Schätzung seiner Größe. Kleiner als ich, zierlich gebaut, große Hände für seine Gestalt.

Plötzlich wurde ich mir der Automatik in meiner Hand bewußt, ich erwog meine Chance für einen Volltreffer. Die bestand durchaus, aber es wäre wahrscheinlich eine Kamikazetat gewesen. Denn außer dem Roten Wolf müßte ich noch drei erschießen: Quint, einen Bootsmann und die Kapitänin. Und ohne jemand am Ruder wäre das Schiff dem Meer preisgegeben.

Ich schloß die Augen, stellte mir die Sonne vor und die Gesichter der Menschen, die ich liebte. Ich schlug die Augen auf, kühl, entschlossen. Ich würde es tun.

Die Entscheidung wurde mir abgenommen. Quint drehte den Kopf und blickte in meine Richtung. Ich sah, wie ihm der Unterkiefer herunterfiel, dann zeigte er auf mich und brüllte. Die Kapitänin fuhr herum, entgeistert. Ich sprang vom Fenster zurück, in diesem Moment erfaßte eine riesige Welle den Katamaran. Das Schiff erzitterte, bockte, dann wurde der Bug hochgehoben, so daß ich hintenüberfiel und die Eisentreppe herunterrutschte.

Mein Kopf schlug auf das Deck auf. Verschwommen war mir, als stürze jemand von der Brücke herab. Dann lag Quint auf mir. Die Pistole war mir aus der Hand gefallen. Mit seinem Gewicht auf meiner Brust drehte ich verzweifelt den Kopf, um die Waffe zu finden. Sie glitt aus meiner Reichweite und schlitterte über Bord.

Quint packte mich bei der Gurgel. Mit verzerrtem Gesicht hieb er meinen Kopf auf die Planken. „Du Fotze“, schrie er außer sich. Ich zielte auf seine Augen, und er warf den Kopf zurück.

Über seine Schulter hinweg sah ich eine gewaltige Welle auf uns zustürzen, als wolle sie uns alle verschlingen. In einer obszönen Umarmung wurden Quint und ich von einen Wasserschwall begraben, ächzend hob sich das Schiff, und wir schlitterten hilflos in die brodelnde See.

Ich tauchte auf und schnappte nach Luft. Ich hatte den verschwommenen Eindruck gehabt, daß Quint mich umschlungen hielt, als wir untergingen, aber die Strömung hatte mich fortgerissen. Verzweifelt blickte ich mich nach dem Katamaran um. Dann sah ich seine Lichter, tödlich verwundet trieb die *Moreen* auf der Seite liegend über den Wellenkamm. Dann war alles dunkel, und ich war allein in der schwarzen See, wie ein winziger Korken herumgeworfen auf dem unendlichen Meer.

Schwimmen war völlig sinnlos; allein meinen Kopf über Wasser zu halten, kostete mich alle Energie, die ich hatte. Sofern der Katamaran die Insel hinter sich gelassen hatte, war ich verloren, dann bestand keine Möglichkeit, lange genug zu überleben, bis ich an die Küste des Festlands gespült wurde. Ich streifte meine Schuhe und meine Jeans ab, bevor mich das Gewicht hinunterziehen konnte, und konzentrierte mich darauf, an der Wasseroberfläche zu treiben.

Ich verlor jedes Zeitgefühl. Da ich noch meine Uhr trug, wollte ich nachsehen, was im Finstern lächerlich war. Würde es nicht bald hell werden? Wenn ich Land sehen könnte, hätte ich zumindest die Hoffnung, überleben zu können. Es kam mir vor, als würde der Himmel heller, als könnte ich die Konturen des Meeres erkennen, die um so bedrohlicher wurden, je mehr ich sie ausmachen konnte.

Über das Heulen des Windes drang ein dumpfes Schlagen in mein Bewußtsein. Die Brandung schlug irgendwo auf – Felsen, Riffe oder Sand. Mein erschöpfter

Körper schauderte. Im aufgewühlten Wasser war ich zumindest geschützt, hin und her geworfen in einer rauhen salzigen Umarmung, aber die tosenden Wellen konnten mich auf den Felsen zermalmen.

Dunkelgraue Dämmerung brach über dem aufgewühlten grauen Meer an. Eine Welle hob mich hoch, vor mir sah ich die Brandungslinie, und mit einem Stich vor Freude erkannte ich die Aylmer-Insel und daß ich auf die Mangroven am Ende des Strandes zutrieb. Ein ungeahnter Energieschub veranlaßte mich zu schwimmen, meine Bemühungen, gegen die aufgepeitschte See anzukämpfen, waren lächerlich, dennoch kam ich allmählich vorwärts.

Monate, Jahre später, wie es schien, umklammerte ich einen Mangrovenstamm, gegen den ich geschleudert wurde, so daß die rauhe Rinde meine Haut abschürfte. Auf Händen und Knien kroch ich aus dem Wasser, aus dem Mangrovenwald, und sank erschöpft auf das vom Sturm abgerissene Grünzeug am Rand des Strandes. Keine weiche Couch hätte sich luxuriöser anfühlen können.

Ich versuchte mich aufzusetzen. Weit hinter den Mangroven sah ich etwas in der Brandung treiben. Ich konnte mir nicht erklären, wieso ich es nicht eher gesehen hatte. Wie ein zerbrochenes Spielzeug lag der Katamaran auf der Seite, ein Schwimmer war abgeknickt.

Ich versuchte aufzustehen. Jemand mußte sich nach dem Roten Wolf umsehen. Ich merkte, daß hinter mir jemand näher kam. Vergeblich suchte ich nach einer Waffe, dann drehte ich mich um, der Gefahr entgegen.

„O Gott, Denise!“ sagte Pete. „Ich schätze, daß die Insel jetzt ein Militärlager ist, haben wir dir zu verdanken.“

15

Ich hatte Urlaub, saß in einem Allradfahrzeug und betrachtete die wundervolle Landschaft des berühmtesten Nationalparks von Tasmanien. Der Gipfel des Cradle Mountain erhob sich vor uns, Vögel zwitscherten, Wildblumen blühten. Die beiden Mitreisenden unterhielten sich mit dem Fahrer über die landschaftliche Schönheit. Der eine, ein fröhlicher Amerikaner mit südlichen Akzent, der immer so aufgesetzt wirkte, aber nicht war, knipste beim Reden fortwährend mit seiner teuren Kamera.

Ich sehnte mich nach Stille, deshalb stieg ich aus und schlenderte ein Stück, wo ich mich an den mächtigen Stamm eines Eukalyptusbaums lehnte, der in den wolkenlosen Himmel hinaufragte. Ich hatte es für eine gute Idee gehalten, nach dem Streß der letzten Monate erst mal wegzufahren. So hatte ich eine Tour gebucht und mich einer Kleingruppe mit Reiseleitung angeschlossen. Die Tatsache, daß Tasmanien ein Inselstaat war, entbehrte nicht der Ironie, denn ich wünschte mich eigentlich auf eine ganz andere Insel. Eine sehr viel kleinere und über zweitausend Kilometer nördlich gelegen. Ich konnte die Augen schließen und mir jede Kurve des Strandes vorstellen, wie die Kokospalmen sich wiegten, die Konturen von Roannas Kiefer...

Laß los, Denise.

Die Verhaftungen waren erfolgt, das Aufsehen in den Medien abgeflaut, als andere Berichte Schlagzeilen machten. Die Geschichte würde noch einmal groß aufgemacht, wenn die Prozesse begannen, doch bis dahin dauerte es noch lange, denn die Beweise mußten aus einem Dutzend Länder zusammengetragen werden.

Ich war in so vielen Einsatzbesprechungen gewesen, daß ich keine Lust mehr hatte, meine Geschichte noch einmal zu erzählen. Eine Sache aber war wirklich amüsant gewesen, nämlich als ich Oscar Fallon traf – natürlich war das nicht sein richtiger Namen.

Er war total sauer, weil man ihn nicht informiert hatte, daß eine Undercover-Agentin von ASIO auf der Insel war, und sein wütender Ausdruck entspannte sich auch nicht, als ich ihn mit sonnigem Lächeln darauf hinwies, daß die CIA ja ASIO ebensowenig von seiner Anwesenheit unterrichtet hatte. Fallon war als verdeckter Ermittler auf Lloyd Snead angesetzt, und daß der unter seinen Augen ermordet wurde, war höchst peinlich. Dennoch vermutete ich, daß der wahre Grund, weshalb Oscar so stinkig war, darin lag, daß ich den Löwenanteil an Aufmerksamkeit bekam, weil ich die einzige Agentin war, die den Roten Wolf aus der Nähe gesehen hatte und ihn identifizieren konnte.

Roter Wolf. Sein Leichnam wurde nicht gefunden, und man vermutete, daß er an Bord des beschädigten Katamarans geblieben war – zusammen mit der Kapitänin. Der Bootsmann war ertrunken – sein Leichnam wurde gefunden –, und die Kapitänin behauptete, auch ihr Passagier sei über Bord gespült worden, doch man glaubte allgemein, daß der Terrorist überlebt hatte, daß beide, er und die Kapitänin, an Bord gewesen waren, als der Sturm das Schiff beschädigte und an den Strand trieb. Beim Verhör verweigerte die Kapitänin stur die Antwort auf weitere

Fragen und behauptete, seine wahre Identität sei ihr absolut unbekannt. Daß der Mann wieder einmal entwischt war, schien beinahe unmöglich, schließlich war die ganze Insel ja bald unter Militärkontrolle – aber der Rote Wolf hatte sich in Luft aufgelöst, als wäre er nie dort gewesen.

Moreen, George und Harry Aylmer kamen in Untersuchungshaft, Kaution kam nicht in Betracht, weil die Liste der Verbrechen zu lang war: Landesverrat, Mord, versuchter Mord, Entführung, Erpressung, Urkundenfälschung, Betrug und – als nettes kleines i-Tüpfelchen – Steuerhinterziehung.

Quint Aylmer entkam der Justiz. Sein Leichnam wurde zwei Tage nach dem Ende des Sturms ans Festland geschwemmt.

Cynthia Urquhart wurde wegen Mordes an Snead verhaftet, nachdem Tony, der widerliche Freund der Aylmer-Söhne, erklärt hatte, auf ihre Veranlassung hin Sneads Sauerstofflaschen manipuliert zu haben – dafür versprach man ihm Strafmilderung. Außerdem wurde sie verdächtigt, in Amerika und Kanada weitere Morde begangen zu haben. Seb, Bruce und andere Beteiligte wurden diverser Delikte angeklagt.

Bei der später stattfindenden Hauptverhandlung würde ich gegen etliche Angeklagte als Zeugin der Anklage auftreten. Das war eine höchst unerquickliche Aussicht, denn die Verfahren würden sich jahrelang hinziehen.

Und Roanna? Sie blieb unbehelligt, da man ihr nichts nachweisen konnte. Meine Vorgesetzten ergingen sich in dunklen Andeutungen, daß man sich einig sei, sie hätte genau gewußt, was vorging, sich aber nicht aktiv daran beteiligt. Ich war mir da gar nicht so sicher, oder vielleicht wollte ich das auch einfach nicht von ihr glauben.

Ich hatte Roanna an jenem Morgen auf der Insel gesehen, als ich – vor Erschöpfung kaum in der Lage zu sprechen – vom Militärkommandanten, der zur Sicherung der Hotelanlage mit seiner Sondereinheit im Hubschrauber gelandet war, befragt wurde.

Ich hatte darum gebeten, mit Roanna sprechen zu dürfen, und so führte man mich zu dem Raum, in dem sie bewacht wurde. Bleich und zusammengesunken saß sie da, lächelte aber, als sie mich sah.

Man ließ uns nicht allein, und wir redeten nur wenige Minuten miteinander, bevor man mich aufs Festland verfrachtete, wo Geheimagenten darauf warteten, mir alles aus der Nase zu ziehen, was ich über Roter Wolf sagen konnte.

Ich hatte sie danach noch zweimal gesehen, bei den Anhörungen ihrer Eltern und ihres Bruders Harry. Wir hatten lediglich ein paar Worte gewechselt, doch beim letzten Mal vor wenigen Wochen hatte Roanna mir impulsiv die Hand auf den Arm gelegt und erklärt: „Ich kehre auf die Insel zurück, um die Ferienanlage zu leiten. Wirst du mich irgendwann mal besuchen?“

Ehe ich antworten konnte, hatte sie wehmütig den Kopf geschüttelt. „Entschuldige, wie dumm von mir. Ich war ja nur Teil deines Jobs.“

Ich hatte ihr nachgeblickt, als sie fortging, und gedacht, daß sie mich nur als Denise Hunter, die nicht sehr versierte Barfrau, kannte.

Der Reiseleiter unterbrach meine Gedanken. „Können wir weiterfahren, Den? Wir wollen den Twisted Lake ansehen, ehe die Sonne untergeht.“

„Gleich, noch einen Moment.“

Ich kehrte ihnen den Rücken und zog mein kleines

Handy hervor, das ich mir selbst zum Geburtstag geschenkt hatte. Ich brauchte die Nummer nicht nachzuschlagen: Ich hatte sie vorher schon dutzendmal gewählt und jedesmal aufgelegt.

„Roanna?“ sagte ich. „Hier ist Denise. Denise *Cleever.*“

Claire McNab im Verlag Frauenoffensive

Die Carol-Ashton-Krimis:

Der Trick
ISBN 3-88104-332-2

Überfällig
ISBN 3-88104-321-7

Kettenbrief
ISBN 3-88104-309-8

Geheimer Kreis
ISBN 3-88104-290-3

Marquis läßt grüßen
ISBN 3-88104-277-6

Bodyguard
ISBN 3-88104-264-4

Das Ende vom Lied
ISBN 3-88104-242-3

Ausradiert
ISBN 3-88104-217-2

Tod in Australien
ISBN 3-88104-214-8

Die Romane:

Stummes Herz
ISBN 3-88104-269-5

Unter dem Kreuz des Südens
ISBN 3-88104-247-4

Verlag Frauenoffensive

Offensive Krimis auf einen Blick

Janet McClellan

Kansas City-Bomber
ISBN 3-88104-305-5

Ellen Hart

Höflicher Beifall
ISBN 3-88104-298-9
Kleine Opfer
ISBN 3-88104-272-5
Tödliche Medizin
ISBN 3-88104-257-1
Lampenfieber
ISBN 3-88104-243-1
Winterlügen
ISBN 3-88104-237-7
Dünnes Eis
ISBN 3-88104-229-6
Räuberwein
ISBN 3-88104-326-8

Kim Engels

Späte Rache
ISBN 3-88104-316-0

Karen Saum

Mord ist relativ
ISBN 3-88104-209-1

Kitty Fitzgerald

Die Frau gegenüber
ISBN 3-88104-222-9

Verlag Frauenoffensive

Offensive Krimis auf einen Blick

Angelika Aliti

Die Sau ruft
ISBN 3-88104-297-0
Kein Bock auf Ziegen
ISBN 3-88104-310-1
Heißes Herz
ISBN 3-88104-333-0

Shirley Seul

Kopflos
ISBN 3-88104-311-X
Schwamm drüber
ISBN 3-88104-336-5

Kate Calloway

Erster Eindruck
ISBN 3-88104-292-X
Zweite Geige
ISBN 3-88104-299-7
Dritter Grad
ISBN 3-88104-304-7
Vierter Anlauf
ISBN 3-88104-315-2
Fünftes Rad
ISBN 3-88104-322-5
Sechster Sinn
ISBN 3-88104-327-6

Lisa Haddock

Finaler Schnitt
ISBN 3-88-104-285-7
Falsche Korrektur
ISBN 3-88104-278-4

Verlag Frauenoffensive